文春文庫

桜虎の道

矢月秀作

文藝春秋

目次 contents

初出　「別冊文藝春秋」2023年5月号～2024年5月号
本作品は文春文庫オリジナルです。
本作品はフィクションであり、作中に登場する人物や団体名は、実在のものとは一切関係がありません。

DTP制作　言語社

桜虎の道

プロローグ

「今日もこの時間か……」

桜田《さくらだ》は、街灯の明かりの下で腕時計に目を落とし、ため息をついた。

桜田哲《てつ》が勤務する尾見《おみ》司法書士事務所を出たのは、午前一時を回った頃だった。任されていた不動産登記がなかなか仕上がらず、仕方なく残業していた。

ようやく一案件は書き終えたものの、まだ抱えている作成途中の書類は山積みだ。まだまだ残業が続くのかと思い、再び、大きなため息がこぼれた。

鼻をずり落ちてきたメガネを指先で押し上げ、猫背でとぼとぼと夜道を歩く。

司法書士事務所に勤めているが、まだ司法書士試験に合格しているわけではない。働きながら資格取得を目指しているところだ。

よって、給料は安い。タクシーで帰りたいと思うも、贅沢をする余裕はなく、電車がなくなった時はいつも三十分ほどの道のりを歩いて帰る。

体にはいいと割り切ってはいるけれど、雨の夜にひと気のない夜道を歩いていると、切なくなることもある。

今宵のように、春先なのに肌寒い夜も、なんとなく気分が沈む。

十分ほど歩いて、桜田は住宅街のはずれにある小さな公園で足を止めた。

一本だけある桜の木にぽつぽつと花が咲いている。公園に入って、誰もいないベンチに腰掛け、うっすらと浮かび上がる花を見つめる。

と、三人の男が桜田に続いて入ってきた。花を愛でる様子のかけらもない男たちだ。

三人はまっすぐ桜田に近づいて、ベンチを取り囲んだ。

龍の柄が入った金色のスカジャンを着た男が桜田の前に立った。

「おい、おまえ」

野太い声で呼びかける。

桜田は顔を上げた。横と後ろの髪を刈り上げて、上の髪だけ残す金髪ボックスヘアーの男が桜田を見下ろしている。

「尾見事務所のモンだな?」

「違います」

桜田は即座に答えた。

男たちは桜田の即答に面食らった。

司法書士事務所は、登記書類や裁判所などに提出する書類の作成を主な業務とするが、成年後見業務、相続・遺言書作成業務、多重債務者の救済業務なども行なう。

金絡みの相談事を扱うことも多く、たまに面倒な輩に絡まれることもある。

桜田は、そうした輩が目の前に現われた時は、基本、しらばっくれて逃げることにしている。いちいち相手にしていては、身がもたない。

桜田は男の顔から視線を外し、桜の花に目を向けた。

「おい、こら！　舐めてんのか、てめえ！」

ボックスヘアーの男は、桜田のスーツの胸ぐらをつかんで引き寄せた。桜田の体が浮き上がる。

「何するんですか！　やめてください！」

男の手首を握って体を揺さぶる。

「僕は関係ないんですから！」

暴れるが、男の力は強い。

すると、右脇にいたスウェットのパンツにパーカー姿の男がベンチに置いたカバンを取った。

桜田はあわてて手を伸ばすが、届かない。

男はカバンを開けて逆さにし、中の物を足下にぶちまけた。

財布を取って、中を見る。カードと金を抜いてポケットに突っ込み、散らばったものをあさる。

その中に青い半透明のプラスチックのケースがあった。中に入っていたのは名刺だった。開けて、名刺を取り出す。

「おいおいおい、こりゃなんだ？」

ケースを持って、近づいてくる。

「尾見司法書士事務所の桜田哲。おまえ、桜田というのか？」

ケースをぐりぐりと頬に押し付け、こねる。

「いや、僕は佐藤《さとう》です」

とっさに嘘をつく。

もう一人のジーンズにトレーナー姿の男も落ちた物を見ていた。書類を取って、流し見る。

「署名欄に桜田ってのがいっぱい出てくるな。おまえが桜田じゃなかったら、なんでこんな書類を持ってんだよ」

トレーナーの男が書類を投げつける。

「それは、預かりもので……」

「もういいって、桜田」

ボックスヘアーの男が鼻先を付け、睨みつけてきた。

「おまえに頼みがあるんだよ」

顔を近づけたまま、野太い声で言う。

「おまえんとこで、多重債務者の救済やってんだろ。そのデータ、全部消してくんねえかな。おまえらが出しゃばってくるんで、こっちは商売あがったりなんだよ。うちの客に関わんないでくれねえかなあ」

「僕は、佐藤で……」

「いい加減にしろや、こら！」

ボックスヘアーの男が頭を引いた。思いきり、桜田の顔面に頭突きを叩き込む。

桜田のメガネが飛んだ。鼻頭が潰れ、鼻腔から血がしぶく。

「汚ねえな！」

男が桜田を突き飛ばす。

よろけた桜田の膝裏がベンチに引っ掛かり、すとんと腰を落とした。

桜田は顔を押さえた。手のひらを見る。真っ赤だった。

「血が……」

うつむいたまま、両手を見つめる。

「血……血……」

深くうなだれ、手を見たまま肩を震わせる。

それを見て、パーカーの男が左から顔を突き出した。

「ほらほら、逆らうからだ。法律かなんだか知らねえけどよ。オレらには法律もクソも関係ねえのよ。これ以上痛い目に遭いたくなかったら、オレらの言うことを──」

男が桜田の肩に手を載せた。

瞬間、桜田の左前腕が動いた。斜め後ろに拳が振り上がる。固めた拳の関節がパーカー男の顔面にめり込んだ。

不意な攻撃を喰らった男は、ベンチの背もたれを越え、地面に転がった。

「てめえ、何してんだ!」

ボックスヘアーの男が踏み寄ろうとする。

桜田は右脚を振り出した。靴底で男の左脚の膝関節を踏む。男は出足を止められた。

「あーあ……俺に血を見せやがって……」

桜田は血まみれの手で横髪を撫でつけた。血がワックスの代わりとなって、髪の毛が横に流れ、前髪の脇が上がる。

そのまま顔を上げると、桜田の髪はリーゼントになっていた。剃り込みの入った左の前頭部には、大きな花弁状の傷がある。傷は血を溜めて陰影を作り、まるで血を吸った桜の花のように紅く浮き上がった。

桜田がゆらりと立ち上がる。

ボックスヘアーの男は後退した。

桜田の顔は、先ほどまでの弱々しいサラリーマンのそれではない。両眼の目尻は吊り上がり、白目は充血して赤く光っていた。

「おまえら、わかってねえなあ」

桜田はボックスヘアーの男を見据えた。

「法律は一般市民だけじゃなくて、おまえらみたいなクズも守ってくれてんだよ。それもわかんねえのかなあ」

「やるってのか？」

ボックスヘアーの男が身構えた。トレーナーの男もボックスヘアーの男の脇に来る。

「やるってのは、どっちだ？　殴り合いか？　それとも——」

桜田は顎を引いた。

「殺し合いか？」

眼力がこもる。

気迫に気圧《けお》され、二人は後ずさりした。

「うちが扱っている多重債務案件がおまえらの会社か仲間のものなら、さっさと手を引け。こっちは書類作るのもだるいんだ」

「ふざけやがって……」

トレーナーの男が駆け寄ってきた。

立ち止まり、右ストレートを放つ。

桜田は少しだけ体を右に傾けた。トレーナー男の拳が左耳の脇を過ぎる。同時に、桜田は右足を踏み込み、脇腹にボディーアッパーを叩き込んだ。

男が息を詰め、身を捩《よじ》った。脇腹を押さえ、その場に崩れ落ちる。あまりの痛みに呻《うめ》くことしかできず、こめかみからは脂汗が噴き出していた。

「弱えな、おまえら」

桜田は蔑むような視線をボックスヘアーの男に投げた。

男はポケットからナイフを出した。

「ここまでナメられたのは初めてだ。覚悟しろよ」

「てめえ……」

「何をだ？」

「ぶち殺す！」

男が腰を落とした。突っ込んでくる。

桜田は自分も前に踏み出した。

男は桜田が出てくると思わず、一瞬、足を止めた。

桜田は男の髪の毛を握った。前に引き寄せる。男の上体が前のめりになる。

男は苦し紛れにナイフを突き出した。

桜田は飛び上がった。左膝がナイフを握った男の右腕の上を滑る。膝頭が男の鼻に食い込んだ。

男の顔の真ん中がくぼんだ。

手を離す。

男の体が後方に飛んだ。手からナイフがこぼれる。背中から落ち、二回転して、仰向けになる。

着地した桜田はナイフを拾い、男に歩み寄った。脇にしゃがみ込み、男の肩を左膝で押さえる。

「ぶち殺すんじゃなかったのか？」

男の顎下に刃を当てる。

男の顔が引きつった。

桜田はポケットをまさぐった。ズボンの横ポケットにチェーンのついた財布が入っていた。

取り出して腹の上に載せ、中身を出す。

免許証があった。取って、見る。

「村瀬《むらせ》雅弘《まさひろ》、三十二歳、現住所は東京都杉並区《とうきょうとすぎなみく》下高井戸《しもたかいど》な」

免許証を胸元に置き、スーツの上着の内ポケットからスマートフォンを出す。片手で操作し、写真を撮る。免許証を撮った後、村瀬の顔写真も撮った。

スマホを内ポケットにしまう。

「さてと。どうしようか。このまま顔の皮剥いじまうか、唇と鼻を削ぎ落とすか」

刃を少しだけ皮膚に押し付ける。

村瀬の顔が蒼くなる。

「おまえらさあ。俺をそっちに戻すんじゃねえよ。俺はもう、普通の生活ってのを堪能したいんだ」

村瀬の頭を平手で叩き、刃を顔から外して立ち上がった。

村瀬から離れ、カバンを拾った。落ちたメガネも拾ってかけ、あたりを見回す。

「あーあ、会社に出さなきゃならない書類を汚しちまって。また、書き直さなきゃならねえじゃねえか。自分の名前書くだけでも面倒なんだぞ、客先の書類じゃねえから、まだいいが」

散らばった書類を集めながら、トレーナーの男やパーカーの男を蹴って回る。村瀬以外の二人の男の持ち物も探り、免許証で身元を確認した。

トレーナーの男は松原健一《まつばらけんいち》、パーカーの男は野中篤《のなかあつし》という名前だった。

「おまえら、来い」

桜田が鋭い声で命じる。

男たちはよろよろと立ち上がった。

「座れ」

顔でベンチを指す。

村瀬を中心に男三人がベンチに腰を下ろした。初めの勢いはすっかり影を潜め、背を丸め、小さくなっていた。

桜田は右手に持ったナイフを揺らしながら、三人を見下ろした。ポケットから自分のスマートフォンを取り出す。

「今から言う電話番号に、自分のスマホで一人ずつかけろ。０９０９１２７――。村瀬、おまえからだ」

桜田が言う。

村瀬は渋々、自分のスマートフォンを出し、言われた番号に電話をした。桜田のスマホが鳴る。

「切っていいぞ。次、松原」

桜田が命じると、松原も渋い顔をして電話をした。野中にも同様に電話を鳴らさせた。

三人の番号が入ったことを確認し、桜田はスマホをポケットにしまった。

改めて、一同を見回す。

「おまえらの名前と顔とヤサは押さえた。うちの多重債務案件で邪魔が入った時は、おまえらのせいでなくても、おまえらが邪魔したとみなして、一人一人潰しに行く。わかったか？」

「返事は！」

桜田が言うと、お互いが顔を見合わせた。

「はい！」

三人が背筋を伸ばし、同時に声を張る。

「それでいいんだよ。素直になりゃ、普通に生きられる。それがこの国だ。牙なんざ、捨てちまえ。それと、もう一つ。時々、俺の仕事を手伝え」

「仕事って？」

村瀬が訊く。

桜田が睨んだ。

「おまえ、それが社会人の訊き方か？」

「すいません……」

「すみません、だ。〝み〟な」

「すみません。仕事とは何ですか？」

村瀬が訊き直す。

「おまえら、裏に通じてるだろ？　俺から指示があったら、調べてくれ」

「犬になれってのか！」

野中がパーカーのフードを頭からずらした。坊主頭があらわになる。桜田を睨み上げる。

「おまえ、いい根性してんな。嫌いじゃねえが――」

桜田が一歩大きく踏み出した。野中の左脇の背もたれにナイフを刺す。

野中は竦《すく》み上がり、固まった。

桜田は顔を近づけた。

「単細胞は早死にするぞ」

ナイフを引き抜き、離れる。

野中は唇を震わせながら大きく息を吐いた。

「難しい話じゃねえ。俺に頼まれたことをやってくれりゃあいいだけだ。謝礼も出す。

やってくれるよな？」

桜田が訊く。三人はうつむいた。

「やってくれるよな？」

桜田はベンチの端を蹴った。

三人はびくっとして背筋を伸ばし、「はい！」と返事をした。

「ありがとう。期待してるぞ。それと、仲間集めて仕返ししようなんて思うな。こいつがおまえらの心臓に、ドンだ」

桜田はナイフを投げた。

回転したナイフが桜の幹に突き刺さる。カツッという音に、三人が震える。

「そのナイフ、持って帰って家に置いとけ。そんなもん持ち歩いてたら、パクられるぞ。じゃあ、また連絡する。おまえらもさっさと家に帰って寝ろ」

桜田は最後にひと睨みし、背を向け、公園を出た。

「やっちまったな……」

ハンカチを出して、口周りや頭髪の血を拭いながら、桜田はため息をついた。

第1章

1

尾見司法書士事務所は、ＪＲ吉祥寺《きちじょうじ》駅から徒歩三分、都立井《い》の頭恩賜公園《かしらおんしこうえん》近くのマンションの一室にある。

桜田は午前十時前に出勤した。

「おはようございます」

ドアを開けると、所員の一人、吉永小夜《よしながさよ》が自席からドア口に顔を向けた。ボブヘアの髪の端が揺れる。

「桜田さん、どうしたんですか？」

大きな目を丸くする。

桜田は鼻に大きなガーゼを被せていた。右目の下や頬にも痣《あざ》がある。

「昨日、帰りに転んでしまって……」

自嘲しながら、自分の席に行く。

桜田が席に着いてすぐ、ドアが開いた。

「おはようさん」

小柄で薄毛の壮年男性が入ってきた。

桜田は顔を向けず、ぺこっと頭だけ下げた。

事務所最年長の荒金誠《あらかねまこと》だ。ぼさっとした風貌だが、大手ディベロッパーに所属していた経験があり、不動産関係の問題には強い。

荒金は桜田の隣の席に腰を下ろした。桜田の顔を覗《のぞ》く。

「おやおや。派手にやられましたなあ」

にやりとする。

「転んだだけですよ」

言うが、荒金はにやにやしてうなずくだけだ。

学生時代から優等生で司法書士となった小夜とは違い、荒金は修羅場を潜ってきている。桜田の怪我がどういうものか、わかっているのだろう。

「おはようございます！」

ドアが開くと同時に、よく通る大きな声が事務所内に響いた。

ピタッとした青いスーツを着て、背が高く、顔の彫りも深く、小麦色に灼けた肌が印象的な青年が入ってきた。

有坂直人《ありさかなおと》。桜田より年は下で、事務所内でも一番の新参者だが、司法書士資格を持っているので、立場は有坂の方が上だ。

爽やかを絵に描いたような男で、桜田はどちらかというと苦手なタイプだった。

「あれ、桜田さん！　どうされました、そのお顔は？」

笑顔で訊いてくる。心配しているのか、からかっているのか、わからない。

「ちょっと転んでしまいまして」

桜田は小声で答えた。

「それはいけませんね。桜田さんも、僕と一緒にトレーニングどうですか？」

「あ、いや、僕は苦手なので、遠慮しておきます」

「そうですか。ちょっとでも興味がおありなら、いつでもおっしゃってください。僕の行きつけのジムを紹介しますので」

そう言って、胸を張る。

有坂は筋トレが趣味で、どんなに忙しくても週に三回はジムに通っている。スーツを破らんばかりに胸板は厚く、腰は見事にくびれているが、その自己主張の強すぎるスタイルもう一つ好きになれない。

「ありがとうございます」

桜田は愛想笑いを見せた。

話していると、左奥のドアが開いた。頭髪を少し流して整えた、グレースーツの紳士が顔を出す。

「桜田君、ちょっと」

所長の尾見高志《たかし》だった。

桜田は席を立ち、とぼとぼと歩いて、所長室へ入った。ドアを閉める。

人目がなくなり、桜田は大きく息をついた。

尾見は執務机の椅子に腰を下ろした。机には書類が積み上がっている。両サイドにあるスチール棚にも、過去に処理をした案件の書類がぎっしりと詰まっていた。

桜田は尾見の机の前にあるソファーに腰を下ろし、深くもたれて脚を組んだ。

「誰と争ったんだ?」

尾見は桜田を見据えた。

「うちで扱ってる多重債務案件の金貸しが襲ってきたんですよ。なもんで、返り討ちにしただけで」

桜田が言うと、尾見は天板に置いた両手の指を組み、ため息を漏らした。

「おまえなあ……」

「いやいや、正当防衛ですよ。先に手を出してきたのは連中です。ほら」

桜田は顔を指さした。

「そういう問題じゃない。おまえの力があれば、逃げることもできるだろう。なぜ、そうしない?」

「そいつらが言ったんですよ。うちにある多重債務者のデータを全部消せと。法律もクソも関係ねえと。そういう輩は、きちんと思い知らせねえと、つけあがるだけ。俺が一番よく知ってます」

桜田が言う。

尾見は再び、ため息をついた。

「おまえ、そういう世界から足を洗いたいんじゃないのか?」

「それはそうですけど」

「だったら、我慢しろ。逃げろ。抗戦するな。法律のみで戦え」

尾見が語気を強める。

「わかっちゃいるんですけどね……」

尾見の本気を感じ、うつむく。

桜田が尾見と知り合ったのは、もう十年も前のことだ。

尾見は当時、今の桜田と同じ司法書士見習いの立場で、司法書士事務所で働きながら資格取得を目指していた。

かたや、桜田は、闇金融の会社に在籍し、取り立てを行なっていた。

尾見は、多重債務者の問題を解決すべく、単身で桜田のいる会社に乗り込んできた。

相手をしたのは桜田だ。

当時、まだ十八歳だったが、持ち前の腕力を買われ、部下五人を率いて、激しい取り立てを行なっていた。

当時の桜田は、もちろん、尾見の話など聞く耳も持たなかった。どころか、部下に命じて、その場で暴行を加えた。ほとんどの者がそうであったように、細身でいかにも育ちのよさそうな尾見は簡単に手を引くと思っていた。脅《おど》せば引っ込む。

が、尾見は引かなかった。

その後も、何度も何度も来社し、桜田たちに違法金利の取り立てをやめ、債権を放棄するよう働きかけた。

特に、取り立て班のリーダーだった桜田にはしつこくまとわりついた。

時に、苛立って殴ったこともあったが、それでもめげることなく、債権放棄などを迫る傍ら、桜田にはまともに働けと説いた。

尾見がつきまとうせいで、仕事にも支障が出てきた。

業を煮やした上の者は、はっきりとは口にしないまでも〝尾見を殺せ〟と桜田たちに命じた。

必要があれば、暴力は使う。しかし、桜田に人を殺す気はなかった。まして、同業者のクズならまだしも、司法書士事務所で働く一般人の命を殺るなんて暴挙はごめんだった。

桜田は、部下や上の者には内緒で、尾見と接触し、忠告した。

これ以上踏み込むと、命が危ない、と。

尾見の反応は予想外だった。

もし、自分が殺されれば、事件として大きく扱われる。そうなれば、社会問題化して、一人でも多くの多重債務者を救えることになる。そのために命を差し出すなら本望だ。

そう言って、気負いなく笑った。

桜田は驚きを隠せなかった。

物心ついた時から、逆らう者は力でねじ伏せてきた。害のない者にむやみに暴力をふるうことはなかったが、敵意を向けてくる者には容赦なかった。

話し合うより、ねじ伏せる方がたやすい。

そういう世界で生きてきた桜田に、他人のために命を差し出すという発想は一ミリたりともなかった。

本気なのか？　と訊いた。

冗談でこんなことは言わない、と尾見は言った。

まっすぐに向けられた尾見の視線に嘘はなかった。

ぞくっとした。

いろんなタイプの強い相手と戦ってきた。しかし、尾見は、これまでに対峙した者にはない強さを持っていた。

攻めどころが見つからない。勝つイメージがまるで浮かばない。

こんな相手は初めてだった。

桜田は、尾見のような人間を死なせてはいけないと思った。

尾見と会って会社に戻った桜田は、上の者に、尾見の事務所で扱っている債権については放棄するよう、進言した。

当然、上は激怒した。裏切り者と言われ、尾見だけでなく、桜田も始末するよう、桜田の部下たちに命令した。

不意をつかれた桜田は、頭部に傷を負った。左生え際の傷は、その時に負ったものだ。

部下たちも必死だった。桜田の力は知っている。手を出したい相手ではない。だが、上の怖さも知っている。

天秤にかけると、桜田と尾見を殺ってしまう方がまだたやすい。桜田さえ倒してしまえば、尾見一人を殺すくらいわけないからだ。

かたや、桜田たちが勤めていた金融会社は、会社という体を取った暴力組織でしかない。

組織に逆らうということは、死を意味する。

部下たちは、他の仲間も集めて、十人ほどで暗がりの路地で襲ってきた。

一撃を喰らい、血を見た桜田は、そこから覚醒した。

昔から、自分の血を見ると、体の奥で別のスイッチが入る。生存本能が異様に滾《たぎ》るといった感覚だ。

そうなると、相手が何人いようと、全体や相手の急所みたいなものがよく見えるようになり、体も無意識に反射で動くようになる。

部下たちは次々と返り討ちに遭い、路地に沈んでいった。

自分が的にかけられたことを知った桜田は、その足で会社に乗り込んだ。

組織の幹部、上の者、年長者とはいえ、対峙すればただの人間だ。

二度と桜田と尾見に手を出せないよう、社内にいた者だけでなく、外出先から戻っていなかった社長以下、幹部の者たちも一人一人狙い、叩きのめした。

さらに、会社が持っていた債務者の書類やデータをすべて破壊し、燃やした。

桜田が勤めていた金融会社は倒産。その徹底した反撃ぶりは業界でも話題になり、桜田には手を出すな、という通達が同業者に流された。

桜田は複数人への暴行容疑で逮捕された。

裁判では、尾見が弁護士を付けてくれ、尾見自身も桜田の行為が多数の多重債務者を救ったことなどを証言し、桜田の減刑に奔走した。

裁判所は、桜田の行動の意義を一定程度認め、当時未成年であったため、実刑三年の判決を下され、少年刑務所に収監された。

三年の間、尾見は毎週面会に来てくれた。

尾見は出所したら、自分と一緒に働こうと、来るたびに声をかけてくれた。

初めは、散々世間に背を向けて歩いてきた自分が法律家になるなど想像もできなかったが、何度も何度も言われているうちに、それも悪くないと思い始めた。

何より〝普通の生活〟というものに憧れを抱いた。

三年の刑期を終え、出所した後、尾見の下を訪ねた。

尾見は好意的に迎えてくれた。しかし、尾見が勤めていた事務所では、冷ややかな視線を浴びた。

桜田は三日も経たずに、尾見が勤めていた事務所から去り、その後は短期のアルバイトをしながらネットカフェ暮らしをしていた。

生活は厳しかった。それでも、もう二度と裏の世界へ戻るつもりはなかった。

尾見が見せてくれた、普通の生活への希望と他者に尽くそうとする自分にない強さは大切にしたいと思っていた。

とはいうものの、何をどうすればいいのかわからず、日々が過ぎていく。

もがいているうちに、出所から五年の時が経っていた。

再会したのは、引っ越し業者のアルバイトをしていた時だった。

尾見が突然、会社を訪ねてきた。訊けば、五年の間、桜田を捜していたそうだ。

尾見は独立し、事務所を構えた。そこに来いと言われた。

わざわざ捜して訪ねてきてくれたものを無下にはできなかった。

引っ越し業者のアルバイト契約が終了した一カ月後、桜田は尾見の事務所で働くこととなった。

桜田は尾見に、なぜ自分にそこまでしてくれるのか訊ねた。

尾見は言った。

君には借りがある、と。

君は向こう側にいるべき人間でもない、とも続けた。

表で生きている人から、そんなふうに言われたのは初めてだった。

昔なら一笑に付すところだ。が、出所してからの五年間、社会の片隅に身を置いて懸命に生きていく中で、心持ちは変わっていた。

信じてみてもいいか。

それから、桜田は尾見の事務所で働きつつ、司法書士の資格取得を目指すこととなった。

しかし、一般社会で生きるのは、想像以上に厳しかった。

まず、資格試験なんていうものは受けたことがなく、何をどう勉強すればいいのか、さっぱりわからない。

本を読んでも、まず、書いてある言葉の意味を知るところから始めないと何一つ理解できない。

見習いとして、書面作りも手伝うが、漢字や文法などはしょっちゅう間違う。

朝から晩まで働いても、他の者の半分も仕事を終えられない。

依頼人の相談を受ける所員に同行することもあるが、何を話しているのかおぼろげにしかわからないし、相談者の身勝手な言い分を聞いていると苛立って仕方がない。だが、どんな場面でも、我慢我慢の連続。フラストレーションを爆発させる場もない。

辟易しつつも、一方で桜田は、世の中の人々がこんなにも苦痛を耐え忍んで生きているのかと実感し、感心した。

桜田は自分を変えるため、わざとメガネをかけ、髪を下ろし、もっさりとしたスーツを着て背を丸め、頼りない男を演じた。

これが、思いのほか、楽だった。

街を歩いても、妙な輩からガンを飛ばされることはない。依頼者に何を言われても、すみませんと言っておけば、やがて相手が呆れて折れる。仕事でミスをしても、桜田だからと責められない。

空気のような存在になることが、こんなにも楽だとは気づかなかった。

そうして尾見の事務所で働くうちに、桜田は感情のコントロール術を身に付けていった。

ただ、どうしても、血を見ると逆上してしまう癖だけは直らない。

司法書士が相手にする人の中には、面倒な者もいる。尾見は、どうしても所員では手に負えない相手との交渉は、桜田に任せた。

桜田であれば、万が一、暴力沙汰になっても逃げ果《おお》せることができる。

ただ桜田は尾見から、こう言われていた。

何があっても、決して手を出さないこと。トラブルになれば、逃げること。

荒くれ者の扱いに慣れていない所員を守る傍ら、桜田のメンタルを鍛える意味もあった。

桜田は尾見の言いつけを守り、どんなに恫喝されようと、罵声を浴びせられようと、胸ぐらをつかまれようと、振り払って、脱兎のごとく逃げ出した。

情けないなと思いつつも、拳を振るわずその場を後にするのは、新鮮でもあった。

しかし、中には、弱い相手と見るや居丈高に出る者もいる。

それもほとんどの場合はへこへこと頭を下げてやり過ごすが、調子に乗って、手を出す者もいる。

それでもなお、痣ができる程度なら我慢もするが、血が出るほどやられると、あのスイッチが入ってしまう。

抗戦するな、逃げろ——。

心の奥で囁く自分がいる。

だが、結局止められず、尾見の下で働くようになって何度か、相手に鉄槌を下した。

一人で交渉に出かけていた時ばかりなので、幸い、所員には気づかれていないが、この癖を直しておかなければ、いずれ、周りにバレることになる。

桜田が押し黙っていると、尾見はふっと微笑んだ。

「まあ、いい。次から気をつけろ」

「はい」

桜田は小さくうなずいた。

「じゃあ、新しい仕事だ。吉永君とここへ行ってほしい」

尾見はメモを差し出した。

桜田は立ち上がって机に近づき、メモを受け取った。

手元を見る。

木下義人《きのしたよしと》という名前が書かれている。住所は東京都小金井市《こがねいし》桜町《さくらちょう》となっている。

「小金井公園の近くですね。誰ですか？」

「昔からの顧客だ。ああ、おまえは会ったことがないか。木下ビルの創設者だよ」

「木下ビルって、東京郊外にポンポンとビルを建ててるあの会社ですか？」

「そうだ。今は一線を退いて、会社自体は後進に任せているが、本人名義で所有する不動産も何件かある。遺言書に関する話がしたいと言っていたので、その関係かもしれんな」

「遺言書の作成ですかね？」

「細かい話は君と吉永君が聞いて来ればいい。それが仕事だ。実務に触れるいい機会だからな。しっかり見ておくように」

「この顔で大丈夫ですか？」

桜田は人差し指で自分の顔を指した。

「気にするような人じゃない。本当なら私が自ら出向くところなんだが、今、手が離せない案件を数件抱えていてね。荒金さんが適任ではあるが、荒金さんも他の案件に振り回されている。なので、吉永君と君に任せることにした。そのことは木下さんにも了承してもらっている」

「そうですか。なら、行ってきます」

桜田はメモを上着のポケットに入れた。

2

小夜の運転する車で、桜田は木下の家へ向かった。

小夜からは、車中で何度も「余計なことは言わないように」と言い含められた。

小夜は比較的、所内では桜田に優しくしてくれる方だが、仕事に関してはまるっきり信用しておらず、時折、きつい言葉を投げかけてくる。

かつての自分なら怒鳴り散らしているところだろうが、事務所での仕事ぶりを思い返すと、それも仕方がない。今は小夜のきつい言葉も叱咤激励と受け止め、流せるようになっていた。

旧五日市街道を西へ車を走らせる。小金井公園を越え、交差点を左折し、そこから路地を右へ左へと進んだ。

マンションが立ち並ぶエリアを抜けると、大きなコンクリート壁が見えた。その壁沿いに車を走らせ、高さ三メートルはある大きな格子門の前で車を停めた。

小夜が降りて、門柱の横のインターホンを鳴らした。

「尾見司法書士事務所の吉永です」

告げると、格子門が左右にゆっくりとスライドした。

小夜が戻ってきて、車を中に入れる。

高級車が二台並ぶ駐車スペースの端に車を停めると、小夜と桜田は車を降りた。カバンを持って、右手の階段を上がり、低木に囲まれたなだらかな斜路を進み、玄関へ出る。

玄関ドアの前では、エプロンを着けた三十歳くらいの女性が待っていた。ほっそりとしていて眉も薄く、美人だが薄幸な雰囲気の漂う女性だ。

桜田の顔を見ても、一ミリも表情を変えなかった。

「お待ちしておりました。どうぞ」

玄関を開け、エントランスに招く。

エントランスは広く、屏風もある和風な造りだ。スリッパに足を通し、女性に案内されるまま、後に続く。

桜田は小夜に顔を寄せた。

「この方、どなたなんでしょうかね？」

小声で訊き、女性を見やる。

「こちらで住み込みで働いてらっしゃる山口《やまぐち》いのりさん」

「ああ、お手伝いさんですか」

「そういう言い方はしないでください」

小夜はキッと桜田を睨んだ。全体のパーツが大きめの美形なので、睨まれると迫力がある。

「すみません」

桜田は肩を竦《すく》め、背を丸めた。

長い廊下を奥へ進む。左手のガラス越しには日本庭園が見える。

いのりは、最奥の部屋の前で立ち止まった。両膝をつき、障子越しに中へ声をかける。

「旦那様。尾見司法書士事務所の方々をお連れしました」

「入ってもらいなさい」

太くてよく通る声が聞こえてくる。

いのりは両手で楚々と障子戸を開けた。

「どうぞ」

少し頭を下げる。

小夜と桜田は会釈《えしやく》し、中へ入った。

広い畳敷きの和室だった。二十畳近くある部屋の中央に猫足の座卓が置かれている。

天板は一枚板だ。

奥の座椅子に着物を着た白髪の男性が座っていた。大柄で背筋も伸びていて、眉毛も濃く、そこはかとない威圧感がある。

部屋の左手にある床の間には、桃が描かれた水墨画の掛け軸が掛けられていて、皿型の花器に蕾を付けた桜の枝が飾られていた。

床脇棚にも高そうな茶器が並んでいる。

「そちらへ。席次は失礼させていただきます」

男性が座卓の向かいを手のひらで指す。

客は上座に迎える。本来であれば、男性の座っている位置が上座となり、そこに小夜と桜田を迎えることになる。

「お気遣いなく。失礼します」

小夜は言い、男性の向かいに座った。

桜田が床の間側に座ろうとする。

と、小夜が咳ばらいをし、桜田を睨み上げ、自分の右手に座るよう促《うなが》した。

桜田はあたふたと小夜の右手に腰を下ろした。ぎこちなく正座をし、背を丸める。

また咳払いが聞こえてくる。

桜田は太腿《ふともも》に置いた両腕を突っ張り、ピンと背筋を伸ばした。

男性がその様子を見て微笑む。

小夜はカバンから名刺を出した。

「尾見司法書士事務所の吉永です」

少し腰を浮かせ、両手で差しだす。

桜田もカバンから名刺入れを出そうとした。が、名刺入れがない。あわてて、カバンの中を掻き回し、上着を探る。内ポケットにあった。

あたふたと名刺を出す。

「桜田と言います」

急いでいたせいで、片手で出してしまった。

隣で小夜がため息をついた。

それでも男性は笑みを崩さず、桜田の名刺を受け取って、「木下です」と名乗った。

桜田は身を小さくしてうなだれた。

何度か、所員と共に依頼主の下へ出向いたが、堅苦しい相手だとどうしても緊張してしまう。ささくれた臭いのするチンピラを相手にする方がよほど気が楽だった。

「この後、少々用事があるので、手短に済ませたいのですが」

木下が言った。

「承知しました。では、さっそく。遺言の件と尾見から聞いていますが？」

小夜が話を進める。

「ええ。秘密証書遺言を作成したので」

「秘密証書ですか？」

小夜が訊き返す。

「確実に相続を行なうのでしたら、公正証書遺言にされた方がよろしいかと」

「そうです」

小夜が促す。

桜田も少しは勉強しているので、遺言の種類については知っている。

遺言には〈自筆証書遺言〉、〈公正証書遺言〉、〈秘密証書遺言〉の三種類がある。特別方式遺言というものもあるが、これは危急時などに作成されるものなので通常時には用いられない。

自筆証書遺言は、文字通り、自分の手で書いた遺言のことだ。証人もいらず、法務局に保管を頼まなければ、保管料もかからない。

ただ、形式の不備により家庭裁判所の検認で無効とされることもあり、トラブルの元になることもしばしばだ。

公正証書遺言は、公証人が遺言書を作成し、原本は公証役場で保管されるので、紛失のリスクもなく、無効となることはほとんどない。

ただ、証人が二人必要だったり、財産に応じて多額の作成費用がかかったりと、手間と費用をかけなければならないところが難点だ。

秘密証書遺言は、公証役場に証人二人と出向いて、遺言を作成したという記録を公的に残す方法だ。

内容を誰にも明かすことなく、自筆の署名と押印があれば、パソコンなどで作成した文章も使える。中身を知られたくない場合には非常に有効な手段だ。偽造や変造もされにくい。

一方、手続きの手間や費用がかかり、検認は必ず受けなくてはならず、形式不備や不明瞭な内容だと無効になることもある。

また、書面は遺言者自身が管理しなければならず、紛失する可能性も高くなる。

遺言を作る一人一人に事情があるので、どれが最適とは言えないが、弁護士や司法書士は確実性を重視して、公正証書遺言を勧めることが多い。

「いや、秘密証書でいいのですよ」

「承知いたしました」

小夜はさらりと答え、続けた。

「確認ですが、内容や形式に関して、不備はございませんでしょうか？」

「中身は自筆で記しています。形式と内容の表記の仕方は以前、尾見さんから詳しく聞いていて、その通りに書いたので問題ないと思います」

「そうですか。証人二名は決まっていますか？」

「公証役場で紹介してもらいました」

「公証役場にはもう行かれたのですか？」

小夜が目を丸くする。

「ええ。署名押印もいただいて、遺言書は完成しています」

木下は足元に置いた紫色の袱紗《ふくさ》を取った。天板に載せ、広げる。遺言書と記された白い二重封筒が入っていた。

封筒には公証人の記載と、公証人、木下本人、証人二名の署名押印がなされていた。

正式に作成された遺言書だった。

「てっきり、遺言書の作成のお手伝いをするものと思っていました」

小夜が言う。

「公正証書遺言であれば作成をお願いしたでしょうが、秘密証書なので、それこそ周りには秘密で作成した次第です」

木下は笑った。

顔のインパクトは強いものの、笑顔には含みがない。悪い人ではないと、桜田は感じていた。

「今日来ていただいたのは、この遺言書をそちらで預かってもらえないかというご相談です」

「うちで、ですか？」

「ええ。家のどこかに保管しようと思ったのですが、どこに置けばいいのやら。それに、一応公証役場に作成記録が保管されているというものの、身近な人に知っておいてもらわなければ、いざという時に遺言書が見つからないということもありうる。そこで、信頼できる尾見さんのところで預かってもらおうと」

木下が話す。

秘密証書遺言は自ら保管しなければならない。が、管理、保管を弁護士や司法書士に任せることは可能だ。

「わかりました。お預かりさせていただきます」

小夜は淡々と答えた。

司法書士事務所は、遺言書の作成を請け負う傍ら、作成した書面を預かるサービスを行なっているところも多い。尾見の事務所もしかり。様々な依頼者から遺言書を預かり、会社名義で借りている貸金庫に厳重に保管している。

小夜はバッグからタブレットを取り出した。遺言書の預かりサービスに関する契約書を表示し、木下の方に画面を向ける。

タッチペンを持って、説明を始めた。

「木下様は、当事務所と顧問契約していただいてますので、手数料と年間保管料はいただきません。遺言の執行を当事務所にご依頼いただく場合は、別途料金がかかります」

慣れた様子で、さらさらと進めていく。

「遺言書をお預かりした場合、当事務所では預かり証を発行しています。木下様に何かあった場合、ご遺族様にすみやかに遺言の存在を明らかにし、執行するためです。身近にいる身内の方か、信頼できるどなたかにお渡しするのが一番良いのですが」

「そうですねえ……」

袖に手を入れて腕組みをし、うつむいて唸《うな》る。

しばらく熟考して、顔を上げた。その視線は、桜田に向いていた。

「桜田さん。預かってもらえませんか？」

「えっ！」

桜田だけでなく、小夜も同時に驚きの声を漏らした。

「いやいやいや、僕は木下様とも近くないですし、まして身内でもないですし……」

「そうです、木下様。桜田に預けても、まったく意味はないかと」

小夜が冷たく言い放つ。

まったくはひどいな……と思うが、言い返せず、うなだれた。

「関係のない第三者に持っていてほしいのですよ。身内に渡しては、わざわざ秘密証書にした意味がない。尾見さんの事務所の方なら、間違いないでしょう」

「もし、木下様が亡くなられても、僕には知る術がありませんよ」

桜田はちろりと顔を上げて言った。

「こう見えても、実業界では有名でしてね。経済新聞には訃報を取り上げられるでしょうし、どこからか必ず、尾見さんの耳には入るでしょう。その時、桜田さんが預かり証を提示して、吉永さんが遺言を執行してくれればいい。それが一番です」

「そう言われてもですね……」

桜田は大きくうつむいた。

「あなたなら任せられます。何があろうと、預かり証を守ってくれるでしょう?」

木下がまっすぐ桜田を見つめる。

桜田は顔を起こした。鋭い視線が刺さる。その圧にあてられてか、一瞬だけ、桜田の眼光も鋭くなった。

木下が口元にかすかに笑みを覗かせた。

こいつ……。

俺の正体を知っているのか、見抜かれたのか。いずれにせよ、伊達《だて》に不動産業界を渡ってきたわけではないということか。

桜田は少し下がって、土下座をした。

「勘弁してください! 僕にそんな大役は務まりません!」

情けない声で懇願する。

「いえ、桜田さんに決めました。あなたが引き受けてくださらないなら、この話はなかったことにしてください」

木下が言い切る。

小夜のため息が聞こえた。

「わかりました。うちの桜田に預かり証を預かってもらいます」

小夜が言う。

「そんな……」

顔を上げた。

小夜は眦《まなじり》を吊り上げ、桜田を睨んだ。

「預かり証を保管してもらいます！　わかりましたね！」

「はい……」

桜田は、渋々首を縦に振り、そのままうつむいた。

何を考えてんだ、このじーさん……。

悪い人間ではないと思うが、その意図が見えず、腹の奥底がじくじくとした。

嫌な感じだった。

3

木下邸から戻ると、小夜から連絡を受けた尾見、荒金、有坂が待ち構えていた。

「おかえり。お疲れさん」

荒金が声をかけてきた。

桜田はへこっと首を突き出して頭を下げた。

小夜は返事もせず、自席に戻ると、座って深いため息をついた。

と、有坂がカツカツと革靴を鳴らし、桜田の脇に来た。

「いやあ、大変なことになりましたねえ！」

大きな声で言い、桜田の肩を抱く。相変わらず、バカにしているのかなんなのかわからない笑顔だ。

「みんな、ちょっと集まってくれ」

尾見が声をかける。

座っていた荒金が立ち上がる。小夜も気怠《けだる》そうに立って、オープンスペースにある円卓に向かった。

所長や所員同士の打ち合わせは、主にこのスペースで行なう。

円卓の手前半分を囲うように、桜田たち所員四人が座り、対面の真ん中に尾見が腰かけた。尾見は一同を見回した。

「木下氏の遺言書の件だが」

尾見は向かって右端に座っている桜田に顔を向けた。

「なんか、すみません……」

猫背でうつむき、ちらっと尾見を見やる。

「桜田君が謝ることはないですよ。依頼者の要望ですから」

左端にいる荒金が桜田を見て微笑む。尾見が受ける。

「荒金さんの言うとおり、依頼者が君に預かり証を預けるという契約だから、その通りに契約は履行する」

「ですが、所長。事務所が預かるならまだしも、第三者の一個人が預かるというのはどうなのでしょうか？」

小夜が口を挟んだ。

「今後もこうしたケースが出てきた場合、所員個人の負担となります。万が一、トラブルが起こった時も、責任を負わされるのは所員個人です。一人で事務所を切り盛りしている司法書士ならまだしも、在籍している司法書士、まして見習いにそこまでの責務を背負わせるのは少し違うと思うのですが」

小夜の言葉がキンキンと響く。彼女にとっては、とても不安な事態らしい。

「僕も、吉永さんに同意します。さすがに依頼人の遺言書を第三者の個人が預かる責任はないと思いますけどねえ」

そう言い、有坂はちらりと桜田を見た。それもまた、桜田を信頼していない不安げな眼差《まなざ》しだ。

桜田は胸の内で苦笑いを浮かべた。

「今回は、うちの事務所設立当初からお世話になっている木下氏の依頼なので受けた。今後は、ある一定のルールを作り、それに則って判断するようにしたい」

「特例というわけですか？」

小夜が尾見を見やる。

「そういうことになる。以降、例外は認めない」

尾見が言い切る。

所員一同、納得したようにうなずく。

「そのルール作りは、今後進めるとして。今回の依頼は遂行しなければならない。荒金さん」

尾見が荒金を見てうなずく。

荒金は立ち上がり、自席へ戻った。

印刷した紙を人数分持ってきて、それぞれの前に置く。

桜田はプリントを手に取って見た。

木下義人の簡単な家系図だった。

荒金がホワイトボードの前に立った。

「これは、木下氏の遺産相続に関係する人たちの家系図です。急ごしらえなので簡素ですが、とりあえず事は足ります」

荒金は話しながら、ホワイトボードにプリントと同じ家系図を描いた。

「木下氏の両親、奥さんはすでに他界されています。なので、相続の第一順位は、長男の義久《よしひさ》氏、次男の春人《はると》氏の二名となります。基本、このお二方にトラブルがなければ、木下氏の遺産は兄弟で二分割することになります。義久氏、春人氏にはそれぞれ子供がいますので、お二方が死亡された場合、木下氏の孫にあたる子供たちが代襲相続権を得ることになります」

荒金がすらすらと説明していく。

代襲相続権というのは、相続順第一位の実子である息子などが被相続人より先に死亡していた場合、直系卑属である孫が死亡した親の代わりに財産を相続できる権利のことだ。

木下家の場合、義久と春人の子供たちが、その代襲相続人にあたる。

「木下氏には妹さんがいますが、現状では相続権はありません。義久氏、春人氏のご家族全員が死亡、もしくは相続放棄すれば相続する場合もありますが、限りなく可能性は低いと思われます」

荒金は時折、桜田に顔を向ける。これが、桜田に向けての説明だということがわかる。

「他、相続の可能性があるのは遺言に記された人物ですが、それはわかりません。以上が、今回の木下氏の秘密証書遺言に関する概要です」

荒金は一礼すると、席に戻った。

「荒金さん、ありがとう」

尾見が立ち上がる。

「補足すると、遺言に分割指定や財産処分が記されている場合もある。把握できている木下氏の資産総額はおよそ二十億円。中身次第では、相当揉めることもありうる」

桜田を見る。

桜田はうつむいて、ため息をついた。

「そこで、トラブルが起きた場合に備え、義久氏と春人氏の現在の財政状況、両名及び家族の交友関係等を大まかでいいので調べておいてもらいたい」

「私たちがそれをするということですか？」

小夜は尾見を見た。

「そうだ」

尾見が答えると、小夜はあからさまに桜田を睨んだ。

俺のせいにされてもなあ……。

桜田は腹の中でぼやいた。

「吉永君は長男義久氏、有坂君には次男春人氏の周辺を調査してほしい」

「僕もですか！」

有坂が目を丸くした。

「もちろんだ。二人とも、手すきの時でいいので、調べられるだけ調べてほしい」

「荒金さんは？」

有坂が訊く。

「荒金さんには、木下氏の所有する不動産とその周辺の土地関連のことを調べてもらう」

「あの……」

桜田が顔を上げた。

「僕は何をすれば……」

「君は預かり証をしっかりと預かっていてくれればいい」

尾見が言う。

小夜と有坂が桜田に目を向ける。責めるような視線が痛い。

「僕も調査します。いや、吉永さんも有坂さんもご自分の仕事があるでしょうから、僕一人で——」

「君は普段の仕事をしながら、しっかりと預かり証を守っていればいい」

尾見が桜田を見つめる。その眼力は強い。

おまえは動くな、と無言の圧がかかる。

一同を見回す。

「ということで、みんな、少々手を煩わせるが、よろしく」

荒金は静かにうなずいた。小夜と有坂は渋々といった感じで首肯《しゆこう》する。小夜はそのあと、桜田を睨んだ。

桜田は申し訳なさそうに肩をすくめた。

4

木下義久は久しぶりに父・義人の私邸を訪れていた。

義久は父の事業を受け継ぎ、木下ビルの運営を一手に担っている。

株式会社木下ビルは、主に吉祥寺から八王子《はちおうじ》までの多摩《たま》地区にオフィスビルを展開していて、芸術・文化施設、イベントスペース、駐車場なども運営している。

また、都下での再開発案件にはコンサルタントとして関わっていることも多い。

多摩地区の総合ディベロッパーとしては最大手だった。

義久は、父・木下義人とリビングで向き合っていた。オーバルのテーブルには、いのりが持ってきたコーヒーが二つ置かれている。

「ビルの稼働率はどうだ？」

木下が訊いた。

「コロナ騒動も収束しつつあって、企業はオフィス回帰しています。空きテナントも埋まってきていますよ」

義久は答え、コーヒーを含んだ。

「開発は？」

「今、国立《くにたち》駅前の開発にコンサルタントとして入っています。国立の開発が進めば、近隣整備も始まりそうで、周辺地域からもぼちぼち話が来ています」

「文化施設は？」

「イベントも解禁されたので、一気に予約で埋まりました。来年春まで、スケジュールはびっしりです。人件費高騰を理由に、賃貸料も値上げしたので、コロナ禍での損失は一年で取り戻せそうです」

「そうか。順調だな」

木下はうなずき、カップの載ったソーサーを手に取った。太腿にソーサーを置き、カップを取って、コーヒーを飲む。

「春人の方はどうしている？」

義久を見る。

「さあ、どうなんでしょう」

義久はしらっと返した。

木下は、後継に長男の義久を据えた。その際、義久には春人を取締役として迎え、兄弟で力を合わせて、次世代の木下ビルを盛り上げてほしいと言い含めた。

しかし、親の願いもむなしく、権限を委譲して一年も経たないうちに、義久と春人は袂《たもと》を分かった。

義久は幼い頃から何事も計画的に進め、自分の決めた道を着実に歩く人物だった。

かたや春人は、思いつきで突飛な行動を起こす人物。多くは周りに迷惑をかけっぱなしの行動だが、中には、周囲を驚嘆させるほどの大胆な変革を成し遂げることもあった。

木下は、義久と春人が両輪となって会社の運営にあたってくれれば、将来さらに発展を遂げるだろうと思っていたが、やはりというか、予想通り、二人は経営方針を巡って決裂し、義久が春人を追い出す形でけりがついた。

会社を離れる際、義久は春人に、会社が所有する吉祥寺にあるビルを一棟《むね》、譲渡した。手切れ金のようなものだ。

春人はそこを活動拠点とし、イベントプランナーや、サロンのような会員制クラブの運営などをしていたが、あまりうまくいっていないようだった。

義久の耳にも、春人の会社の経営状況は時折入ってくる。しかし、義久が資金援助することはなく、相談に乗ることもなかった。

「もう少し、協力してあげられんか？」

「父さん、春人のことはよく知っているはずです。僕と春人は合わない。春人に関われば、黒字転換目前の会社の足を引っ張るでしょう。約千人の従業員を抱える社長として、関わるべきではない相手です」

義久はぴしっと言い放った。

木下はため息をついた。

義久の判断はもっともだ。賢明だと思う。だが、そこに家族としての愛情を一片も感じられないのは、親にしてみればとても哀しいことだ。

妻・春代《はるよ》が生きていた頃は、衝突すれど、まだまだ兄弟が手を取り合って、互いを助け合う場面もあった。

が、春代が病死し、木下が仕事にかまけて家のことをおろそかにしているうちに、いつのまにか兄弟には修復不可能なまでの疎隔が生じていた。

木下は事あるごとに、兄弟関係の修復を図ろうとしたが、徒労に終わった。

「今日来たのは、春人の件に少し関連したことなんだけど」

口調がフランクになる。

「父さんの所有しているビルがあるだろう？　あれ、僕に譲ってくれないか？」

義久が切り出した。

「春人にビルをくれてやったのはいいんだけど、あのビルは吉祥寺駅近くで立地がよく、うちの稼ぎ頭のビルの一つだった。景気が回復してきた今、オフィス需要も高まっててさ。春人に渡したビルの利益分を補填したいんだ。それには、父さんの持つ吉祥寺、三鷹《みたか》、立川《たちかわ》の三カ所のビルをもらいたいんだよ」

息子として、多少困ったふうに話す。

木下はまた小さくため息をついた。

義久は冒険をするタイプではないので、純粋に、会社の利益を考えて、木下個人名義のビルを受け取りたいと話しているのだろう。

だが、それであれば、社長然とした話しぶりで経営に関する話をすればいい。

にもかかわらず、こういう大事な話の時には親子を強調したがる。

義久は堅実で、一か八かの勝負はしないので、会社を任せるには申し分ないが、いざという時の決断にどうしても保険をかけようとする。

多くの場合、それは間違っていないが、会社の経営状況が急変した時や、突発的に大きなトラブルが起こった時、対処が間に合わないこともある。

今になって、木下が所有する三カ所のビルを譲り受けたいと申し出てはいるが、本当はもっと早く、春人に吉祥寺のビルを譲渡したすぐ後にでも欲しかったのではと推察する。

であれば、会社の経営状態も実のところ思わしくないのだろうと容易に判断できる。そうでないにしても、こうした申し出をするタイミングを誤れば、相手に勘繰られることになる。

義久にはこのあたりの脇の甘さがあった。

「私がビルを渡さなければ、会社はたちまち傾くということか？」

まっすぐ見据える。

「そういうわけじゃないんだけど」

黒目が泳ぐ。

木下は何度目かのため息をつき、顔を小さく横に振った。

「今は約束はできん」

「どうして？」

「どうしてもだ」

「他の誰かに渡す予定でも？」

義久は口にして、あわててうつむいた。

「なぜ、そんなことを思う?」

木下は正視した。

「いや……譲渡を約束できないと言うから」

またしても、挙動不審になる。

木下は視線を外して、カップを取った。

「ともかく、今は約束はしない。どうしてもということであれば、私のビル三棟が、春人に渡したビルの利益をどう補塡し、それが会社の利益にどう寄与するのか、データを持って話しに来い」

コーヒーを飲み干し、テーブルに置き、立ち上がる。

「すまんが、これから出かけねばならない。時間があるなら、ゆっくりしていけ」

そう言い、義久を置いて、リビングを出る。

ドアの外にはいのりがいた。

「いのりさん。車を手配してください」

「かしこまりました」

いのりはポケットからスマートフォンを出し、その場で車の手配を始めた。手際よく手配を終え、電話を切る。

「十分後にいつものハイヤーが到着します」

「ありがとう。私はいいから、義久をお願いします」

「承知いたしました」

一礼し、リビングへ入っていった。

一日か――。

義久の態度を思い返し、遺言の情報が漏れていることを確信した。

5

木下春人は蓼科《たてしな》の別荘に来ていた。社員の福利厚生のために会社で購入したものだが、春人自身が私物化している。

二階建てのログハウスで、一階が暖炉のあるリビングダイニング、二階にはシャワールームと寝室がある。小ぢんまりとした建家だが、別荘としてはちょうどいい。

リビングには、春人の他に、高年の男女がいた。テーブルを囲んでローソファーに腰かけ、食事をし、酒を飲んでいる。

二人は、木下義人の実の妹・池田《いけだ》美佐希《みさき》と夫の孝蔵《こうぞう》だった。

美佐希は、春人が義久から会社を追われ、新会社を起ち上げた際、後見人となってくれた。

美佐希は、結婚前は木下ビルの取締役を務めていて、兄・義人と二人三脚で会社を大きくしてきた功労者でもある。

結婚を機に一線から退いたが、財界へのパイプはあり、夫の孝蔵と共にコンサルタント業を営んでいた。

春人は美佐希の後ろ盾を得て、派手に立ち回った。会員制サロンで人脈を作り、数々の大イベントを成功させ、いずれは大手代理店の一角に食い込むことを狙っていた。

しかし、新型コロナウイルスの蔓延で、サロンは無期限の閉鎖。企画を進めていた大型イベントも次々と中止になり、たちまち資金繰りに窮した。

美佐希は吉祥寺の持ちビルを売却するようアドバイスしたが、春人は手放さなかった。砦を放棄するというのは、負けに等しい。義久を見返したかった春人に、ビルを売る選択肢はなかった。

コロナ禍の特別給付金や美佐希の伝手《つて》で受けられた銀行融資などでなんとか繋いでいたが、そろそろ回らなくなってきている。

そこで、父・木下義人から、本人の持ちビルを生前贈与してもらおうと計画を練っていたが……。

「どうやら、あの話は本当だったようね」

美佐希はローソファーに深くもたれ、脚を組んで、白ワインの入ったグラスに口をつけた。

「内容は？」

隣にいた夫の孝蔵が訊く。

「わからない。どうやら、秘密証書遺言らしくてね」

「なんだ、それ？」

春人は片膝を立ててカナッペを口に放り込み、ウイスキーを口に流し込んだ。

「公証役場に遺言を作ったという事実だけを登録する作成方法よ。中身は、本人以外わからない」

「なんで、そんなめんどくせえことするんだよ、親父は」

「兄さんは昔から、あまり周りを信用していないところがあったからねえ。父のビル管理事業を受け継いで、成長期に入って、お義姉さんが死んでからは、私のこともあまり信用しなくなった」

「それで会社を辞めたのか、叔母さん？」

「それだけじゃないんだけどね……」

美佐希は少し目を伏せ、小さくため息をついた。

木下義人と美佐希の父、木下幸三郎《こうざぶろう》は、元々多摩地区の農家で地主だった。幸三郎の時代、多摩地区は、田園が広がる東京都下の田舎町に過ぎなかった。しかし、東京の人口が急増すると同時に田畑は住宅地に変わっていき、多摩地区は東京郊外のベッドタウンへと変貌を遂げた。

土地を売ることで財を成した幸三郎は、いち早くオフィス需要の高まりを予見し、まだ地価も安かった時代に、多摩地区の主要駅周辺にビルを建てた。

それが木下ビルの始まりだった。

初めのうちは、大地主として、街の開発にも貢献し、幸三郎は名士と呼ばれ、木下家も多摩地区の発展と共に都下で力を増していった。

だが、幸三郎は人が好すぎた。

多摩地区の開発が進み、地価が高騰し始めると、怪しい連中が幸三郎に群がってきた。反社会的勢力が関わっているとみられる相手とは交渉しなかった。地上げにも抵抗した。街の健全な発展を望む幸三郎は一歩も退《ひ》かず、住人たちも幸三郎を支持した。

脅しが効かないとわかると、今度は住人の一部と市議を抱き込み、再開発への協力要請という形で近づいてきた。

幸三郎の周りにいた者は、よく調べてから決めたほうがいいと助言をしたが、住人に幸三郎の顔見知りがいたこともあり、土地と建物を本来より安い値段で譲渡した。その後も児童養護施設や高齢者施設の建設話を持ち出しては、協力という形で土地建物を提供させた。

大学を卒業し、実家に戻った義人は、その時初めて、父の土地建物の多くが他人の手に渡っていることを知った。

詳細に調べてみると、実に資産の三分の二が売却されていた。しかも、そのほとんどが実勢価格を下回っている。

義人はすぐ、父が経営していた管理会社に入り、現在進行している土地建物取引をいったん停止させた。

会社は十人程度で切り盛りしていた。いきなり入ってきた大学出のボンボンに仕切られるのを快く思っていない社員がいることも承知だったが、彼らも、資産の相続人である義人には表立って逆らわなかった。

義人は停めた取引の再交渉を自ら進め、適正価格での取引に切り替えた。

幸三郎が資産を売った相手についても調べ上げた。

中には、反社会的勢力のフロント企業もあったが、そこはあまり問題視していなかった。

義人がもっとも気にかかったのは、安田《やすだ》という男に多数の物件を売っていたことだった。

安田は幸三郎の旧知で、義人も子供の頃からよく知っている顔なじみだ。地域活動に熱心で、市議会議員を務めていたこともある。

義人にとって安田は、将来への指針や心持ちを事あるごとに教えてくれたので、尊敬していた人物でもあった。

売られた資産のうち、半分以上が、安田自身の買い取り、もしくは安田の仲介で売買されていた。

幸三郎に問うと、安田は福祉施設や公園、高齢者施設などを建設するため、幸三郎の土地建物を買い取っていたという。

しかし、調べてみると、安田が買い取った物件の一割も、幸三郎に示した目的には使われていなかった。

いくつかのビルは、安田自身が管理運営していたが、ほとんどは転売されていた。

その事実を幸三郎に突き付けた。幸三郎は憤りながらも、安田を信じると言い続けた。

義人は安田の下を訪れた。

幸三郎と同じく、義人も安田を信じたかった。なにせ、生きる道標《みちしるべ》をくれた人だ。なんらかの目的をもって、木下家の資産を売買しているものと思い込もうとした。

初めは、地域の要望もあり、幸三郎の土地建物を有効利用したと言っていた。

しかし、義人が細かく一つ一つ訊ねていくと、徐々に安田の表情が渋くなっていった。

義人は追及の手を緩めず、さらに聞き取りを進めていくと、安田はそれまで見せたことのない冷淡な顔を覗かせた。

そして、幸三郎の資産は、自分が有効利用させてもらったと笑った。

さらに、義人には残りの資産を自分に譲るよう迫った。実勢価格の一・五倍、その後設立する管理会社の取締役として迎えるという条件だった。

もちろん、義人は断わった。その上で、福祉施設など、公共財以外の物件は買い戻したいと申し出た。

安田は買値の二倍の値段をふっかけてきた。

一連の会話を録音し、幸三郎に聞かせた。

に怒鳴り込んだ。

幸三郎は落胆し、失望は怒りに変わった。周りが止めるのも聞かず、単身、安田の下

だが、契約そのものは有効だ。幸三郎が泣こうが喚《わめ》こうが、売ってしまったものは買い戻すしかない。

義人は倍額で買い戻す物件の選定を始めた。銀行を回り、土地建物を抵当に入れてなんとか金をかき集め、駅周辺の主要物件はいくつか取り戻した。

それらのビルをまとめて管理する株式会社木下ビルを設立したのもその頃だ。

義人は自社が保有するビルの保守、メンテナンスを行ない、ビル管理の業務を拡大させた。同時に、オフィスの賃貸や商業施設の運営など事業内容の拡張も図り、現在の会社の原型を作っていった。

とはいえ、億単位の借金返済は容易ではない。事業はうまくいっていたが、返済額の大きさが会社成長の足枷《あしかせ》となっていた。

もう一つ、何かしらの手を打たなければ、せっかく取り戻した資産をまた手放すことになる。

次の一手を考えていた矢先、幸三郎は心労に倒れ、この世を去った。

幸三郎の妻は先に他界していたので、財産は義人と美佐希に相続されることになった。

すると安田は、まるで幸三郎の死を待っていたかのように、美佐希に相続される分の土地建物を買い取ると申し出た。

これ以上、資産を減らせば、幸三郎の遺したものをすべて持っていかれる。

義人は美佐希を会社の取締役に迎え、相続分の報酬を払うと約束して相続を放棄させ、遺産のすべてを引き継いだ。

相続税は、相続した預貯金と手元にある現金で一部を支払い、不動産については延納を申請した。分割払いだ。

利子はかかるが、延納にして、土地を税務署に抵当として提供した。

これが思わぬツキをもたらした。

税務署が抵当権を設定すると、他の債権者より優先して弁済を受けることができる。つまり、義人の会社が多額の借金を抱えたまま倒産すれば、競売で売れた分はまず税務署が徴収し、残った売却金を他の債権者、義人に融資した銀行が応分で分けることになる。

義人の会社に多額の融資を行なっていた銀行にしてみれば、億単位の損失を被ることになる。

義人は銀行側の不安を逆手に取り、追加融資を引き出した。

銀行側はますます義人の会社をつぶすわけにはいかなくなり、率先して、大型案件の情報を提供したり、大口顧客を紹介したりと、会社の発展に協力するようになった。

義人は会社が大きくなるたびに、安田から土地建物を買い戻した。

初めのうちは、安田も、義人が倍額で買い戻してくれるので、それなりの資産を築いていたが、気がつけば、力関係は逆転していた。

持っておけば、それなりの収入になっていただろうビルも手放したおかげで、安田が経営していた会社は徐々に傾き始めた。

かたや、義人は多摩地区では飛ぶ鳥を落とす勢いで会社を育てていく。

義人はそこで策を仕掛けた。

なじみの銀行員に、大きな融資を頼む代わりに、安田の会社への融資を打ち切るよう打診した。

銀行側は安田と義人を天秤にかけ、義人を取った。

大手の銀行が融資を引き揚げると、それに地方銀行が追随する。それだけで、たちまち資金はショートし、一時隆盛を誇った安田の名はあっけなく地に堕ちた。

安田の所有する土地建物はすべて競売に出され、義人がそのすべてを買い取った。

持ち家まで売却せざるを得なかった安田は、自宅を売り払った後、街を去った。その後の消息は知れない。

幸三郎が安田から半ば騙し取られた資産を取り戻すまでに、十年の時がかかった。

その十年を、美佐希はそばで見ていた。

父の財産を取り戻した兄を誇りに思う。

一方で、この十年が義人を大きく変えてしまった。

昔は、愛想はよくないが、冷たい人間ではなかった。

ところが、安田から資産を取り戻すために苦労した十年で、義人は人を信じなくなり、身内とも距離を置くようになった。

それは一線を走るビジネスマンとしては悪くない変化だ。しかし、家族としては少々淋しい変化でもあった。

それでもまだ、義人の妻であり、美佐希の義姉でもある春代が生きていた頃は、かつての人間らしさを滲《にじ》ませることもあった。

が、わずかに残っていた人間らしさも、春代が病死したことで影をひそめてしまった。

義人はもう七十三歳になる。父・幸三郎が死んだ歳だ。

それもあって、遺言を書いたのだろう。秘密証書というのも兄らしいと、美佐希は思う。

「まあ、叔母さんが会社を辞めた理由なんて、どうでもいいわな」

春人はウイスキーを飲み干し、手酌で注ぎ足した。

「叔母さん、その秘密証書遺言ってのはどこにあるんだ?」

「お抱えの司法書士事務所が預かっているみたいだな」

孝蔵が割って入った。

「お抱えというと、尾見さんのところか?」

春人の問いに、孝蔵がうなずく。

「事務所に置いてあるのかな?」

春人がつぶやく。美佐希が答えた。

「預かった遺言は、事務所で借りている貸金庫に保管されているの。そこから遺言を出すには、預かり証というものがいるそうよ」

「誰が持ってんだ、それ？」

「それがなあ」

孝蔵が体を起こして、身を乗り出した。

「どうやら、尾見の事務所の小僧らしいんだよ」

「身内じゃないのか？」

「違うみたいだな。普通、その預かり証ってのは身内か近親者、弁護士、司法書士事務所に預けるにしてもそこの所長ってのが相場なんだがな」

「完全に周りを信用してねえってことか、親父は……」

春人は歯ぎしりをした。

「しかし、身内に預けなかったってことは、遺産を別のやつにくれてやる可能性もあるってことか？」

「それも考えられるな」

孝蔵が言う。

「まあ、兄さんが命がけで守ってきた資産だから、みすみす第三者に渡すことはないだろうけど、あなたの取り分を減らしていることは考えられるわね」

美佐希が腕組みをした。

「そりゃ困る。遺言の中身がわからないなら、なんとか生前贈与してもらいたいんだが、叔母さん、親父に話を付けてくれないか」

「遺言作成前なら、それもできたけど、今は難しいわね……」

「なぜだよ？」

「兄さんは私たちに遺言を作ったことを伝えていない。私が話しに行けば、兄さんはまず、私がどうして遺言のことを知ったのかを気にかける。その流れであなたの名前を出せば、私とあなたが結託して、木下ビルの資産を奪おうとしていると勘繰る」

「資産を奪うだなんて。俺はただ、自分の分を分けてくれと言っているだけで――」

「あなたはそうでも、兄さんはそうは取らない。万が一、遺言にあなたの取り分を多く記していたとしたら、つまらない画策をしたと断定して、遺言を書き換えられて減らされるかもしれない」

「そんな理不尽な……」

「そういう人よ。あなたのお父さんは」

美佐希が言う。

長年、共に苦労してきた兄妹だけあって、説得力がある。

「まあ、なんにしても、遺言の中身がわからないことには、どう動いても損をするだけかもしれねえってことだ」

孝蔵は言い、テーブルに右肘をついて、大きく身を乗り出した。春人に顔を近づける。

「だったら、遺言を見せてもらいたいと思わねえか？」

目をじっと見つめる。

「どうするんだよ」

春人が見返す。

「要するに、その預かり証ってのを持っていけば、遺言を手に入れられるってわけだろ？　だったら、奪っちまえばいい」

「あなた。乱暴な真似は――」

「大丈夫。預かり証を預かっているのは、桜田っていう司法書士見習いだ。とぼけた顔したヤツだから、ちょっと含めれば、簡単に差し出すよ」

「けど、遺書を開けてしまったら、効力はなくなってしまうわよ」

美佐希が言う。

「効力はなくならない。過料は払わされるけどな。だが、万が一、破棄されても、それはそれでいいんだ」

孝蔵は美佐希を見た。

「春人に有利な条件が記されている可能性は限りなく低い。もし、そうだとしたら残念な話になるが、不利な条件なら、一度破棄させてしまう方がいい。その上で、今度は俺らも加えてもらって、財産分与の遺言を書いてもらおう」

にやりとする。

「兄さんは、その程度では一度決めた方針を変えないわよ」

「その時こそ、おまえの出番だ。おまえは兄貴にとって、実子以外の唯一の身内。それに、今の木下ビルがあるのは、おまえが相続を放棄したからでもある」

「その分は、役員報酬でもらってるわ」

「いくらだ？　せいぜい、三億といったところだろう？　けど、考えてみろ。おまえが当時、二分の一の遺産を受け継いでおけば、今頃、土地建物だけでも十億は下らない資産に化けている。つまり、おまえの取り分を半値以下で買い叩かれたってことだ。腹が立たねえのか？」

孝蔵が畳みかける。春人が続いた。

「俺も叔父さんの言うとおりだと思うよ。叔母さんが決断してくれなきゃ、今の親父はなかった。もっともらっていいはずだ」

「私は今のままでも……」

「木下ビルは、おまえも育てた会社だろう？　それをみすみす、第三者に取られるようなことになったらどうする？　おまえには創業者一族として、主張する権利がある。少なくとも、財産分与に関しては、おまえにだけは一言あってもよかったんじゃないか？」

孝蔵の口からすらすらと言葉が出てくる。

孝蔵に飛びぬけたビジネスセンスはない。が、人心をくすぐる話術だけは、我が夫ながら感心する。

誰かを叩きつつ、一方で話している相手の利になる方向へ話を向ける。そのバランスが絶妙だ。

ただの口八丁だが、コンサルタントという仕事には好都合だった。

美佐希は孝蔵をじっと見つめた。

調子に乗って語っていた孝蔵も、美佐希には見透かされている気がするのか、かすかに目尻をひきつらせた。

「まあ、ともかく。中身を確認したいことに変わりはないよな」

孝蔵が妥協点を提示する。

「春人も知りたいな？」

「それはそうね」

孝蔵は美佐希の視線から逃れるように、春人に目を向けた。

「もちろんだよ」

強く首肯する。

「じゃあ、決まりだ。ちょっと俺に任せてくれ。いいな」

春人は再び強く首を縦に振る。

美佐希は二人を見て、小さくため息をついた。

6

桜田はその日も、一人残業で遅くなり、とぼとぼと歩いて帰路についていた。

内ポケットには常に預かり証を携帯していた。そうしろと、尾見に命じられているからだ。

木下から預かり証の預り人に任命されて、一週間が経過している。

小夜と有坂は、仕事の合間を縫って、義久と春人の周辺を調べて回っている。が、仕事優先で調べを進めているので、深い話はまだ出てきていない。

かたや、荒金の調べは進んでいた。

木下は吉祥寺から八王子までのＪＲ中央線沿線に自分名義のビルを七棟所有していた。

駅前の一等地にある土地とビルは会社名義にしていて、木下個人が所有するものは少し駅から離れた場所にある。

新型コロナウイルスが蔓延する前は、周りの住宅地よりやや高いくらいの地価だったが、コロナ禍でリモートワークが推奨されたのを機に、都心を離れて郊外へ住まいを求める動きが加速し、東京外かく環状道路沿いの地価が上昇した。

それに伴って、首都圏中央連絡自動車道、通称・圏央道沿いの地価も上がり、今ではその資産価値が一・五倍、場所によっては二倍になっているものもある。

桜田は、木下義人の凄みの一つに、そうした運があるのだろうとみている。

木下が、コロナ禍のような突発的なトラブルを予測していたとは思わない。

だが、駅前より少し離れた場所の不動産を自分の手中に置いていたのは、いずれ、都内区部の一極集中は解消される方向へ向かい、そのベッドタウンとして、もう一度、通勤圏にある郊外が見直されると予見していたのかもしれない。

あるいは、そうした予測もなく、単なる税金対策で、地価の高い駅前の物件の個人所有は避けただけかもしれない。

しかし、世の流れは、木下が富を得るように動いた。

金に絡む仕事をしていると、時折、こうした人物に出会う。

借金の取り立てをしていた頃も、どこをどう切り取っても商才もなければ度胸もないのに、なぜか金だけには好かれているボンクラ経営者に何度も会った。

彼らも木下と同じく、窮地に陥ってもどこからか金になる話が舞い込んできて、しのぎ切ってしまう。

それを繰り返しているうちに、いつのまにかいっぱしの〝人物〟として周りから一目置かれるようになり、気がつけば、重鎮となってしまっている。

木下の場合、ただの運任せな無能経営者ではなさそうだが、運命を上に押す強運を持ち合わせているようだった。

こうした人間と接する場合、下手な小細工はしないほうがいい。

相手を貶めようとした行為が、かえって有利に働き、自分を破滅させるブーメランとなって返ってくる可能性が高いからだ。

やりにくいじーさんだなあ……。

荒金の報告を受けて、桜田は思わず心の中でつぶやいた。

そして、自分はただひたすら、預かり証を守るだけに徹しようと決めた。余計にかかわると、おそらくろくな目に遭わない。

経験則が、体の奥でささやいていた。

食事がまだだった。

疲れた夜には精がつくものを腹いっぱい食べたいが、あいにく給料前で金がない。

家の近くにあるスーパーに入った。閉店間際で、客もまばらだ。

弁当、総菜コーナーに足を運ぶ。まだ少し、弁当が残っていた。

五百五十円の鮭弁当が、二度の値下げで二百円になっている。

貧しき者にとって、売れ残り弁当は神の施しにも思える。しかも、その鮭弁当の蓋には〝大盛〟のシールが貼られていた。

「今日はいい日だな」

桜田が弁当に手を伸ばした時、背後からふっと影が差した。

「もっといいお食事どうですか、桜田さん」

野太い声だ。影と声の太さから、後ろに立っているのが大柄な男だということがわかる。

「おごらせていただきますよ」

丁寧だが、淀んだ雰囲気を含んだ話しぶりだった。

桜田は弁当を手に取って、振り返った。

男は青ラメのスーツを着ていた。髪の毛は少し長めで、左眉に少し流した前髪がかかっている。歳は四十半ばといったところか。鍛えているようで、胸板が厚く腕が太い。

男は微笑んではいるが、目は笑っていなかった。感情を殺《そ》いだような両眼で、静かに威圧してくる。

そっちで来たのか……。

桜田は胸の内で深くため息をついた。

もし、預かり証を目当てに襲ってくる者がいるとすれば、村瀬たちのようなチンピラだと思っていた。

しかし、何者かは〝本物〟を送り込んできた。

チンピラは叩きのめせば治まるのでやりやすい。が、本物の筋者となると、そうはいかなくなる。

本物はむやみに暴力を振るったりはしない。手を出せば、自分が不利になることを知っているからだ。

とはいえ、出張った以上、手ぶらで帰るのもメンツが立たない。

相手から〝土産〟をもらうまでは、徹底してつきまとい、どうしても納得のいく土産を引き出せない場合は、本当の暴力を使う。

そこに至れば、桜田も無傷では済まない。

桜田は弁当を置いた。チンピラであれば偽名を名乗って逃げ出しもするが、本物がわざわざ出向いてくるということは、下調べも済んでいるという証左だ。小手先の逃げは通じない。

「わかりました。付き合わせてもらいますが、お名前を聞かせていただきたい」

桜田は男を少し見上げた。

男は内ポケットに手を入れた。勝手に全身に緊張が走る。

男が手にしたのは名刺入れだった。開けて、名刺を一枚差し出す。

「持永《もちなが》と申します」

名刺を受け取る。

名前は持永啓二《けいじ》、会社名は二ツ橋経営研究所となっている。肩書はシニアマネージャーと記されていた。

コンサルタントやシンクタンクを名乗る会社が、反社会的勢力のフロント企業だったというのはよくある話だ。

二ツ橋経営研究所もその類《たぐい》だろう。

あとで調べてみるか。

桜田は名刺を内ポケットにしまった。

持永は桜田をさりげなく目で促した。桜田が出入口へ歩いていく。持永は左斜め後ろからついてきた。

絶妙に嫌な位置だ。逃げようと動けば、腰回りをつかまれる。もし、持永が刃物を持っていれば、動いた瞬間に刺される。

桜田は持永の気配を気にしつつ、出入口の自動ドアを潜る。

と、外にいた、これまたスーツ姿の男が二人、すっと左右から近づいてきた。

駐車場には、スーパーに不似合いな黒塗りのベンツが停まっていた。

男たちに誘導されるまま、車の脇まで行く。一人が運転席に回った。もう一人の男が後部ドアを開ける。

「どうぞ」

手招きし、奥へと促す。

桜田は後部座席、運転席の後ろに乗った。その後、持永が乗り込んでくる。車が重みで揺れる。

後部のドアを閉めた男が助手席に乗り込んだ。

「清流《せいりゅう》飯店へご案内しろ」

持永が言うと、運転席の男が返事をし、ヘッドライトを点けた。

車が動き出す。桜田はなすすべなく、運ばれていく。

車は都心へは向かわず、吉祥寺から西へと走った。桜田は不安だったが、八方塞がりの状況であわてても仕方がない。

もし、山中に連れ込まれた時は、こいつら全員、ぶちのめせば済むことだ。

車窓の外に目を向け、道標《どうひょう》を脳裏に刻みつつ、走るに任せた。

新青梅《おうめ》街道を西へ四十分ほど走り、小平《こだいら》霊園の周りに到着した。

霊園沿いの道をゆっくりと進み、マンションの前で停まる。一階が店舗となっていて、〈清流飯店〉という赤いネオンが入口上の壁に光っていた。

確か、二ツ橋経営研究所の住所も小平市となっていた。

このへんを根城にしている連中なのだろうと察する。

助手席の男が降りてきて、持永側のドアを開ける。運転していた男も降りてきて、桜田側のドアを開けた。

桜田が車を降りる。

「どうぞ、こちらです」

持永自ら、手で店を指す。

「おまえらはここで待ってろ」

「はい」

二人の男は同時に返事をした。

持永は慣れた様子でドアを開けた。はいってすぐ、受付カウンターがあった。チャイナ服を着た女性が座っている。中華料理の匂いは漂ってくるが、客席の様子は見えなかった。

女性は持永の顔を見るなり、立ち上がった。

「お待ちしておりました」

一礼し、カウンターを出る。

「こちらへどうぞ」

奥へ案内される。

左右にドアが並んでいる。開いているドアから室内を覗くと、円卓とハイバックの椅子が置かれていた。

どうやら、完全個室の中華料理店のようだった。

女性が最奥右の部屋のドアを開ける。

「こちらです」

開けたまま、二人を待つ。

持永が先に入った。続いて桜田が入る。

壁は金箔交じりの豪華な装飾で、絨毯もテーブルも赤い。椅子はアンティーク調の細かい装飾を施したもので、部屋の端に置かれている大きな花瓶や掛け軸も安っぽくはない。

桜田は持永に案内され、奥の席に座った。持永がドア口を塞ぐように対面に座る。

「紹興酒でよろしいですか？」

「僕はお酒が苦手なもので」

「まあ、そう言わず、付き合ってください」

そう言い、女性に目を向ける。

女性はうなずき、部屋を出てドアを閉めた。

「いやあ、なんだかすごいところですね」

桜田は室内を見回し、お愛想を口にした。

「桜田さん、そういう演技はやめましょう」

「演技ではなく――」

「あのマウスバンクを潰した方とは思えませんな」

持永が口にした。

桜田の目つきが変わる。

マウスバンクというのは、かつて桜田が取り立て屋として身を置き、桜田自らが潰した闇金融のことだ。

「やはり、そうでしたか」

「なぜ、そう思った？」

「わかりますよ。俺たちに声をかけられて、動揺しない者はいない。しかし、あなたは最初から腹を決めて、俺たちに同行した。並の胆力じゃできない芸当です」

「それはそうとして、なぜ、俺がマウスバンクの桜田だとわかったんだ？　調べたのか？」

「いえ。会うまではまったく気にしていませんでした。つまらん仕事なので、さっさと済ませればいいとしか思ってなかった。ですが、あなたと会って、ひょっとしてと感じたわけです」

「カマかけたってわけか。やられたな」

桜田は伊達メガネを外し、ネクタイを緩めた。

女性が常温の紹興酒を持ってきた。壺に入ったものだ。

女性は蓋を取り、猪口《ちょこ》に酒を注いで、二人の前に差し出した。

「少しこちらと話がある。料理はその後だ」

「かしこまりました」

女性は酒を置いて、部屋を出た。

持永が猪口を持ち上げる。

「初めまして。よろしくお願いします」

桜田は無言で猪口を持ち上げた。くいっと呷《あお》って飲み干す。甘みのあるとろりとした濃厚な酒が喉から食道に落ちてくる。くっと噛み締めると、芳醇な香りが鼻から抜けた。

猪口をテーブルに置くと、持永が壺を取って腕を伸ばし、紹興酒を注いだ。

「ここはタバコも吸えますから」

「俺はやめたんだ」

「そうですか。では、失礼して」

持永は内ポケットから細い葉巻を出した。先を嚙み切って咀嚼し、脇に置かれていた大理石の灰皿に吐き出す。その後、ライターで火をつけ、煙を燻《くゆ》らせた。

「あんた、本物の極道だろ？ 組は？」

「それは明かせません。申し訳ないですが」

紫煙の奥から鋭い眼光を放つ。

「それより、ビジネスの話を済ませてしまいましょう」

大きく煙を吸って吐き出し、まだ長い葉巻の火を揉み消した。

「桜田さんが預かっている木下義人の遺言書の預かり証、渡してくれませんか？」

単刀直入に切り出す。

「その件だと思ったよ。しかし、申し訳ないが渡せない」

桜田が返すと、持永は笑った。

「そう言うと思っていました」

持永がドアの方を向く。

桜田はテーブルの箸置きに挿さる箸に手を伸ばした。

「心配しないでください。乱暴な真似はしませんから」

持永が顔をドアに向けたまま言う。気配を感じて言うあたり、それなりの修羅場を潜ってきたことを匂わせる。

「食事を運んでくれ」

野太い声で言うと、ドアが開いた。

ふかひれスープの濃厚な香りが部屋の中に漂った。

目の前に皿が置かれる。立派なふかひれが丸々一枚煮込まれた贅沢なスープだった。

「どうぞ。食べながら話しましょう」

持永がレンゲでふかひれとスープをすくい、口へ運ぶ。

桜田もたまらず、ふかひれを口にした。ほくほくとした弾力のあるゼラチンが口の中でとろけ、醤油ベースの甘辛いスープと絡まり、喉の奥へと流れていく。

あまりのおいしさに、思わず吐息がこぼれた。

「いかがですか？」

「いやあ、うまい！」

二口、三口と口へ運ぶ。止まらない。

「シェフは香港で満漢全席《まんかんぜんせき》を調理したこともある超一流の料理人ですからね。密航者ですが」

持永は笑って話し、ふかひれスープを食べ進めた。

二つの皿があっという間に空になった。

「密航者って、どういうことだ？」

　桜田が訊く。

「料理の腕はよかったんですが、女癖の悪い男でね。上客の女に手を出しちまって、殺されかけたんで逃げてきたんですよ。もう少し身持ちが堅けりゃ、今頃は中国を代表する料理人だったんでしょうけどね。後先考えず、姑息《こそく》な真似をする奴はいけませんや」

「そうだな」

　桜田は二度、三度とうなずいた。

「今回、俺に預かり証を奪えと言ってきたのも姑息な野郎でしてね。正直、そいつと手を組んで仕事するのは面倒なんですよ。それなりに金にはなるんで、付き合ってはいましたけどね。そろそろ縁を切りてえと思っていまして」

「誰なんだよ、そいつは」

「教える代わりに、一つ、桜田さんにお願いしたいことがあるんですが」

「なんだ？」

「木下義人さんに会わせてもらえませんか」

　持永が切り出す。桜田は目を丸くした。

「木下さんに？　なぜ？」

「縁を切るのはいいが、そうなるとしのぎが一つ減ることになります。それもまた、このご時世、うまくないでしょう。なんで、そいつを売る代わりに、木下さんから幾ばくかの報酬をもらえないかと思いましてね」

左の口角を上げる。下卑《げび》た笑みだ。金のためなら仲間も平気で売る。そこに持永の本性が滲む。

「会わせてもらえれば、その場で、うちに預かり証の件を頼んできたヤツのことも話しますよ。一度、掛け合ってもらえませんか」

「……少し時間をくれ。すぐに会える人ではないんでな」

「ありがとうございます。ただ、あまり待てませんよ。依頼主に勘繰られるのも面倒なんで」

「わかってる。二、三日中には連絡する」

「頼みます。ああ、それと、言うまでもないとは思いますが、俺とこうして会ったことは事務所の連中に言わないでください。面倒くさいことになった時は、うちも本気で動かなきゃいけなくなりますんで」

その夜、最強の凄みを滲ませる。

桜田の肌にぞくりと寒気が走った。

めんどくせえな、こいつ……。

桜田は漏れそうになるため息を、紹興酒で流し込んだ。

第2章

1

桜田は翌朝、何事もなかったように出勤した。事務所には小夜と有坂がいた。

「おはようございます」

へこへこと頭を下げ、自席へ着く。

と、小夜が席を立って、桜田に近づいてきた。有坂も立ち上がる。

「桜田さん、ノートパソコンを持って、応接ブースに来てください」

小夜は言い、自分のノートパソコンを持って、応接ブースへ向かった。有坂も同様に向かう。

何かわからないまま、桜田もノートパソコンを持って、事務所の奥にある部屋に向かった。

パーティションで仕切られた空間に、ソファーとテーブルだけが置かれた簡素な空間だ。が、打ち合わせや来所した顧客への対応には十分なスペースだった。

小夜と有坂が並んで座った。対面に桜田が座る。

「桜田さん」

小夜が桜田を見た。

「はい。なんでしょう」

緊張した面持ちで背筋を伸ばす。

「木下氏の顧客フォルダーを開いてください」

小夜に言われ、桜田はパソコンを立ち上げた。顧客情報のフォルダーを開き、木下義人のフォルダーをクリックする。

小夜は桜田の動きを見ながら、次の指示を出した。

「その一番下にある関係者資料というPDFを開いてください」

小夜が示したPDFファイルをクリックする。と、十ページほどの資料が表示された。

内容を見て、桜田は目を見開いた。

「調べてくれたんですか」

木下義久の調査データをまとめたものが入っている。

「春人氏の分もありますよ」

有坂が笑顔を向ける。

スクロールすると、六ページ以降は木下春人に関してのデータになっていた。

「さっと、目を通してください」

小夜に言われ、桜田はデータを読み始めた。

小夜も有坂も、限られた時間の中でよく調べていた。

長男・義久の会社〈木下ビル〉は、コロナ禍が明け、オフィス需要やイベント事業も徐々に回復し、堅調に売り上げを伸ばしていた。

しかし、コロナ禍の三年の間に受けたつなぎ融資の利子が重しになっているようで、なかなか黒字転換できずにいる。

小夜の報告では、義久が受け継いだ会社所有のビルは、駅前立地の物件が多く、賃貸需要はあるが、コロナ禍による需要減で家賃やテナント料を下げたため、収入が三割ほど減っている。

値上げしたいところだが、周辺ビルもテナントを埋めるために家賃を下げていて、値上げすれば客が離れていく状況にあるという。

賃貸ビルは、買い手市場となっていた。

次男・春人は〈SEP〉という会社を経営していた。スプリングエモーショナルプランニングの頭文字を取ったもので、セップと呼ばれている。

イベント業を中心に、会員制高級サロンなどを運営している。

コロナ禍以前は、大きいイベントも成功させ、サロンの運営も順調だったが、コロナ禍に入り、イベントの自粛、貸会議室等の使用停止要請による会合禁止などの煽りをまともに受け、持ちビルを手放すことも検討しなければならないほど、火の車となっていた。

　ただ、義人の実妹・池田美佐希が春人の後見人となっているおかげで、まだ銀行の融資打ち切りには至っていない。

　美佐希は、夫の孝蔵と共に〈未来創造コンサルト〉というコンサルタント会社を営んでいる。経営コンサルタントであり、いくつかの中堅、大手企業の顧問も務めている。

　孝蔵が代表取締役だが、実務は美佐希が行なっていた。美佐希は結婚前、兄・義人と共に木下ビルの発展に貢献した実業家として、財界人の信頼も厚い。

　孝蔵は、美佐希の威を借り、中小企業のコンサルタントとして食い込み、小銭を稼いでいるのが実情だ。

　持永は、こっちの関係か……。

　桜田はデータを読みながら思った。

「だいたい目を通しましたか？」

　小夜が訊いてきた。

「はい、ザッとは」

　桜田が小夜を見やる。

　小夜はうなずいた。

「では、まず長男・義久氏の方から。木下ビルの実情については、そこに書いてある通り、売り上げは回復しているものの、つなぎ融資分の利子が重しとなって、黒字転換できていないもよう。ただ、事業自体は順調で、このまま続けていれば、いずれ状況は立て直せるでしょう。しかし、その途上で、テナントやオフィスの賃貸が滞れば、持ちビル何棟かの売却も検討しなければならない状況でもあります」

「今のところ、問題はないということですか？」

桜田が訊く。

小夜はため息をついた。

「何を聞いていたの。問題大あり」

桜田を睨《にら》む。桜田がうつむくと、有坂が口を開いた。

「つまり、この局面をしのぐために、当面の運転資金が必要ということですよ、桜田さん」

相変わらず、声が大きい。

「さらなる追加融資は受けられないということですか？」

桜田が問うと、小夜が答えた。

「いくつかのビルはすでに抵当に入ってる。これ以上、他のビルも抵当に入れると、打ち切られれば一気にすべてを失うことになるでしょうから、義久氏としても、そこまではしたくないでしょう」

「そうなると、父の義人氏に援助を頼むしかないということですね」

桜田の言葉に、小夜がうなずく。

「会社が義人氏個人から借り入れるか、もしくは義久氏個人が生前贈与を受けるか。方法はいくつかあるけれど、義人氏は、そうした木下ビルの経営状況を事前に知って、秘密証書遺言を作ったということも考えられる」

「なるほど」

桜田が何度かうなずく。

「生前贈与の件なら、春人氏もそれを狙っていた節がありますねえ」

有坂が笑顔で声を張る。

「春人氏の会社も経営状況がよくないんですか？」

「調べた限りでは、義久氏より負債は大きいですね。SEPの中心事業はイベントとサロンです。コロナ禍初期は特に、人の集まる場所への風当たりは強かったですからね。SEPも開店休業状態でした。持続化給付金などで細々とつないでいたようですが、義久氏のように多くの不動産を所有しているわけでもなかったですからねえ」

「銀行からの追加融資はなかったんですか？」

「義人氏の実妹・池田美佐希氏が掛け合って、少しは融通してもらったようですが、銀行も不良債権になりそうな融資を行なうわけにはいかなかったようでして。春人氏が所有するビルは、いつ取り上げられてもおかしくない状況ですね」

「そこで、生前贈与ですか」

「そうですね。春人氏の場合、義人氏から本家の木下ビルを継いだわけではないので、父からの資金援助は見込めないでしょう。美佐希氏もそれなりに援助はしていたようですが、自分の会社を危うくするまでの資金援助や融資の口利きはしないでしょうからね。残るは生前贈与というわけです」

「なるほどなるほど」

「それとも一つ。SEPには黒い噂もありますねぇ」

有坂が口角を上げる。

「イベントの開催に関係する代理店や後援者に金を配っている。SEP主催のイベントの警備をしている会社がフロント企業、などなど。まあ、イベント関係の会社にはつきものの噂なんですが、ちょっと注意した方がいいかもしれません」

有坂がきりっと桜田を正視した。

「ありがとうございます。気をつけます」

桜田は頭を下げた。

「一応、私たちの調査はここまでね。私たちも自分の仕事があるから。まあもし、危ない状況になったら、すぐ警察とうちに連絡を入れること。所長には私たちの調査の内容は伝えています。そして、ここまでの調査でいいという了承も得ています。それと、所長からはくれぐれも単独で調べたりしないようにと言われているので、勝手に動いたりしないでね。わかりましたか」

小夜が言う。

「はい。ありがとうございました」

桜田はもう一度、頭を下げた。

調べさせるか——。

2

仕事を終え、帰路に就いた桜田は、途中で村瀬雅弘に連絡を入れ、帰宅途中にある公園に呼び出した。

ベンチに座って待っていると、大柄の男が現われた。駆け寄ってくる。

「お待たせしてすみません」

「なんだ、その形《なり》は」

桜田が笑う。

金髪のボックスヘアーだった頭は、黒髪のツーブロックふうの髪型になり、龍柄の金のスカジャンでもなく、ジーンズにジャケットというさっぱりとした格好になっている。

「いやあ、桜田さんにやられた後、なんか気が抜けちまいましてね。松原と野中と三人で、回収できる分は回収して、上に渡して、やめちまったんですよ」

「そりゃいい心がけだ。今、何やってんだ？」

「三人で飲み屋始めました。小さなバーなんですけどね。コロナのおかげで空き店舗が居抜きで安く借りられるんで、ちょうどいいかなって」

「それでさっぱりした格好してんのか。なら、いいや」

桜田がベンチから立ち上がろうとする。

と、村瀬が桜田の肩を軽く押さえて、横に座った。

「なんか調べるんでしょ？　やりますよ」

「いや、おまえらカタギになったんなら、巻き込みたくねえしな」

「やらせてください。目を覚まさせてもらった礼です」

村瀬が言う。気負いはない。

桜田は小さく息をついた。

いずれにせよ、桜田一人で調べ回ることはできない。任せるしかないと気持ちを切り替えた。

「あまり、深入りするんじゃねえぞ」

「わかってます。ヤバいと思ったら、逃げますから」

村瀬が笑みを見せた。

「おまえ、二ツ橋経営研究所って名前は聞いたことがあるか？」

「いえ、知らないですね」

「そうか。持永啓二って名前は？」

「持永って、相竜会《そうりゅうかい》の持永さんですか？」

「知ってんのか？　大柄で分厚い胸板の四十半ばぐらいの男だが」

「ああ、そりゃ間違いなく、相竜会の持永さんだ。目が笑ってなかったでしょ」

「そうだな」

桜田が思い出して笑う。

「そのナントカ研究所ってのを持永さんがやってんですか？」

「そうだ。そこのシニアマネージャーを名乗っている」

「じゃあ、相竜会のフロントですね」

村瀬がさらさらと答える。

「相竜会ってのは、どの系列だ？」

「桜田さん、知らないんですか？」

「長いこと、裏関係からは離れていたんで、そっちの事情には疎《うと》いんだよ」

「そうですか。相竜会は、赤星組《あかぼしぐみ》の二次団体です」

「赤星か」

桜田の目が鋭くなる。

赤星組は、古くから都下で勢力を張っている老舗の暴力団だ。都下の住宅やビル開発の建設現場に多くの人間を送り込み、力をつけていった。

建設関係者をまとめ上げるだけあって、武闘派として知られ、都心や関東近郊、関西から乗り込んできた他の組織を前にしても一歩も退《ひ》かず、シマを守り通した。

大きな組織に属していない、今どき珍しい無頼《ぶらい》な暴力団だ。

しかし、赤星組もご多分に漏れず、しのぎは厳しいようで、ずいぶん縮小したという噂は耳にしていた。

「持永さんと揉めてるんですか？」

村瀬が訊いてくる。

「いや、揉め事じゃないから、心配するな。持永の方は正体がわかっただけでいい。おまえ、ＳＥＰってイベント会社知ってるか？」

「知ってますよ」

村瀬が答える。

「おまえ、なんでも知ってんなあ」

「なんでもってわけじゃないですけど、遊びごとに関係することは、自然と耳に入ってきますからね」

「ＳＥＰは、どんなイベントやってんだ？」

「フェスが多かったですかね。郊外のキャンプ場を借り切って、ＤＪ付きのダンスパーティーを開いたり、地下アイドルの大規模イベントやったり。展示会とか堅苦しい会議なんかも仕切ってるらしいんですけど、俺らの周りでセップといえば、ダンパで知られてますね」

「ダンスパーティーか。なるほどなあ。それらのイベントの警備をしている会社は知ってるか？」

「それは知らないですけど、警備員はガタイがよくて、鋭い感じの連中が多いですね」

「見たことあるのか？」

「何度か、ダンパには行ったことがあるんで。素人《しろうと》じゃなさそうな感じでしたよ」

「ちょっと、その警備会社を調べてくれないか。会社名と所在地、わかれば、その裏で仕切ってる連中の概要。簡単でいい。深く調べる必要はないからな」

「その程度だったら、お安い御用です。いつまでですか？」

「一週間くらいかな。調べがついたら、連絡をくれ」

「わかりました」

「報酬だがな。今、給料前なんであまり出せねえんだ」

「いいですよ。うちの店に来て、金落としてってください」

村瀬は言い、名刺を出した。

〈リプロ〉という店名だった。新宿三丁目にある。

「リプロってのは？」

「リプロダクション。再生って意味です。俺たち三人、これからやり直すし、他にも俺たちと似たような連中がいたら、うちで拾い上げてやりたくて」

「おまえ、それ、リジェネレーションじゃねえか？」

「え、あっ、そうなんですか？ まあいいか」

村瀬が苦笑する。桜田も微笑んだ。

「ずいぶん変わったもんだな」

「ちょうどよかったんですよ。俺たち、いつまでふらふらしてんだろうかと悩んでたとこだったんで。桜田さんの一発が、いいきっかけになりました」

村瀬が笑う。

「じゃあ、調べたら連絡します。この仕事とは関係なく、ほんと、店に来てください」

「今度、寄らせてもらうよ」

桜田が言うと、村瀬は一礼して、公園から立ち去った。

「そうか。あいつ、赤星関係か……」

正体がわかれば、ますます無視しておくわけにはいかなくなった。

「仕方ねえ……」

桜田はスマートフォンを出し、顧客名簿からこっそり拝借した、木下義人の携帯番号に電話をかけた。

五回ほど鳴って、木下が電話に出た。

「いきなり、すみません。尾見事務所の桜田です。ちょっと他には内緒で、ご相談したいことがありまして――」

桜田は用件を伝えた。

「はい……はい。わかりました。では、明日、終業後にそちらへ伺います」

話をつけて、電話を切る。

「はあ、めんどくせえ……」

桜田は太腿《ふともも》をパンと叩いて、立ち上がった。

3

村瀬は、かつての遊び仲間がやっているガールズバーに顔を出した。

金沢《かなざわ》という男で、雇われ店長として、女の子の管理と店の切り盛りをしている。

村瀬はコの字のカウンター席の一番奥に座った。すぐ、女の子が前に立つ。

「いらっしゃいませ。こちら、初めてですか？」

新人の子らしく、村瀬のことを知らないようだった。

「金沢いるか？」

「店長ですか？　ちょっと待ってください」

いきなり金沢の名前を出され、女の子は笑顔ながらも怪訝《けげん》そうな表情を覗《のぞ》かせ、厨房の奥へ引っ込んだ。

少しして、金沢が顔を出した。黒髪で少し長めの髪型をしている。

「失礼します。店長の金沢ですが」

笑顔の奥に、少々威圧感を滲《にじ》ませる。

「おまえ、そんな顔してちゃ、客に逃げられちまうぞ」

「あ？　……あー、村瀬か！」

金沢は目を丸くした。

「気づけよ」

苦笑する。

「気づくも何も、なんだ、その地方から来た大学生みたいな格好は」

「おまえだって、似たようなもんだろ」

村瀬は笑った。

金沢は、かつては髪を三色に染め、舌や鼻にピアスをつけていた。今は服で隠しているが、上腕や肩、胸に入ったタトゥーを見せ、街を練り歩いているような男だった。

「何、飲む？」

金沢が訊く。

「ビールくれ」

村瀬が言うと、金沢は近くの女の子にビールを二つ頼んだ。

「ゆっくりしていけよ。すぐ、女の子つけるから」

「あ、いや、おまえと話しに来たんだ」

話していると、女の子がグラスビールを二つ持ってきた。金沢は二つ受け取り、女の子に小声で耳打ちをした。

　女の子がうなずき、厨房の奥へ行く。

「すまんな、大丈夫か？」

「かまわねえ。副店長にちょっとの間、任せるんで」

　村瀬の前にグラスを置く。

「まあ、ともかく久しぶりだ。元気でよかった」

「おまえこそな」

　村瀬はグラスを取り、乾杯をした。

　半分ほど飲み、テーブルにグラスを置く。

「何年ぶりだ？」

　金沢が訊いた。

「コロナ禍前から会ってないから、五年ぶりくらいになるんじゃないかな」

「五年かあ。あっという間だな」

「ここは大丈夫だったのか？」

　店の中を見渡す。

「さすがに一年は完全休業だったよ。まあ、持続化給付金とか支援金でしのげたんだけどな。再開して半年くらいは大変だった。お客さんが戻ってくれるまではな。今はなんとか、軌道に乗ってきた。おまえの方も大変だったんじゃねえの？」

金沢はビールを飲んだ。

「うちは逆に盛況だったよ。あっちもこっちも金には困ってたからな」

村瀬もビールを一口飲み、一息つく。

「まあでも、それはやめたんだ」

「金貸しやめたんか？」

金沢が目を丸くする。

「ああ、すっぱりな」

「おまえがなあ。俺はてっきり、おまえはそっちの世界で伸《の》していくもんだと思ってたけどよ」

「そのつもりだったけど、ちょっと目を覚まされる出来事があってな」

桜田のことを思い出し、微笑む。

「今、何やってんだよ」

「おまえと同業だ。ここで店やってる」

村瀬はポケットから名刺を出し、金沢に差し出した。

「飲み屋か。ガールズか？」

「いや、普通のショットバーだ。松原、野中と三人で出資して、のんびりやってる」

「へえ。三丁目は今、人が戻ってきてるみたいだな。若いのも増えたって聞くが」

「毎晩、案外にぎやかだぞ。朝までやってるから、ここ終わったら、女の子連れて飲みに来いよ」

「行かせてもらうわ。いい居場所になりそうだ」

「揉め事は禁止だからな」

「わかってる」

金沢は笑って、ビールを飲み干した。

「もう一杯どうだ？」

「そうだな」

村瀬もビールを飲み干し、金沢にグラスを渡した。金沢は女の子にグラスを渡し、おかわりを告げる。そして、村瀬に向き直った。

「話ってのは、そのことか？」

「いや、店の話はついでだ。おまえ、セップのフェスによく行ってただろ」

「セップのダンパか？　懐かしいな」

「最近、やってるのか？」

「いや、聞かねえな。野外フェスは叩かれたりしたんで、厳しかったんじゃねえかなあ。セップのダンパは、怪しいのも飛び交ってたしな」

金沢が言う。

怪しいの、というのは、大麻や錠剤麻薬のことだ。

当然、主催者は違法薬物の持ち込みなど認めてはいないが、都市部から離れた山奥の集会で、三日間踊り狂うような催しには、そうしたものを持ち込む連中もいる。

また、その需要を当て込んで客のふりをして潜り込む者もいれば、村瀬たちのように、違法薬物を買うための金を貸し付ける者もうろちょろしていた。

「ダンパしてえのか？」

「もういいよ。レイブは疲れる」

レイブとは、一晩中踊り狂うイベントのことだ。

女の子がビールを持ってきた。それを半分ほど飲む。

「セップのフェスの警備覚えてるか？」

「警備？」

「なんやかやで、クソガキどもを抑え込んでただろ、あいつら？」

「ああ、そうだったなあ。ありゃ、素人じゃねえしな」

「知ってんのか？」

「俺のダチが、いっぺんあそこでバイトしたことがあるんだけどよ、フェスで跳ねてどうしようもねえヤツは、バックヤードに連れて行って半殺しにしてたらしい」

金沢が苦笑する。

「会社名、覚えてるか？」

「確か……アイアンクラッドだったかな」

「ずいぶん警備会社っぽくない名前だな」

「英語で〝鉄壁の〟という意味だよ。まあ、鉄壁だわな。素人じゃなけりゃ」

金沢は笑った。

「どこが絡んでるか、知ってるか？」

「いや、そこまでは知らねえけど」

金沢は身を乗り出して顔を近づけた。

「おまえ、アイアンクラッド探ってんのか？」

「ちょっと、な」

「だったら、やめとけ」

周りをちらちらと見ながら小声で言う。

「どういうことだよ」

村瀬も顔を寄せた。

「詳しいことはわからねえ。というか、俺も知りたくねえんだけどよ。何人もぶち殺して、遺体をまとめて山に埋めてるなんて噂も立つようなところだ。得体が知れねえ」

金沢の言葉に、村瀬は生唾を呑んだ。

「バイトしてたダチってのに話聞けねえか？」

「それがな……。そいつも今、行方が知れねえんだ」

「マジか」

村瀬が目を見開く。

「アイアンクラッドのバイトをやめたって話は聞いたんだけどな。それからひと月も経たねえうちに消えちまった」

「都市伝説じゃねえの？」

「俺もそう願ってる」

金沢は真顔で言った。上体を起こす。

「まあ、ゆっくりしてってくれよ。女の子付けるから」

そう言い、厨房に戻っていった。

桜田さん、ずいぶんヤバい件に関わっていそうだな……。

村瀬はぐいっとビールを飲み干した。

4

翌日、仕事を終えた桜田は、木下に指定された銀座の懐石料亭に出向いた。

持永には場所と時間を伝えてある。現地集合にした。万が一、持永と接触しているところを事務所の者、あるいはクライアントに見られれば、いろいろと面倒があるからだ。

持永もそのあたりは心得ていて、了承した。

十九時の約束だったが、桜田は二十分も前に現地に到着していた。

路地を入ったところにある一軒家のような建物だった。看板はない。古風な格子の引き戸があり、脇の柱に〝御用の方はこちら〟と書かれたインターホンが設えられているだけだ。知らなければ、誰かの家だと思うだろう。

こんな場所にも秘密の料亭があるのかと感心する。

インターホンを鳴らした。

――どちら様でしょうか？

年配の女性の声が聞こえてきた。

「木下さんと十九時に約束しています、桜田と申します」

――お待ちください。

インターホンが切れる。まもなく、引き戸が開き、和服姿の女性が姿を見せた。

「お待ちしておりました。どうぞ」

中へ促《うなが》される。

引き戸の向こうは庭になっていて、石畳が続いている。

女性に従って歩く。磨りガラスの引き戸を開く。広い玄関が現われた。屏風《びょうぶ》が飾られていて、その奥にまっすぐな廊下が延びている。

靴を脱いで上がり、スリッパに足を通す。

「お連れ様、先に来られています」

「木下さんですか？」

「いえ、持永様でございます」

話しながら、女性が部屋へ案内する。

廊下を進むと、和風の中庭が見える場所に出た。女性はそこで立ち止まると、両膝をついた。

「失礼いたします」

障子戸を開ける。手前に大柄の男が背を向けて座っていた。

持永だった。振り向いて、会釈《えしゃく》する。桜田も会釈し、中へ入った。

桜田は持永の左隣に座った。席次はわきまえているようだ。

女性が障子戸を閉める。

「桜田さん、早々に話をつけてくださって、ありがとうございます」

太腿に手をついて、頭を下げる。

「たまたまだ」

カバンを置いて、一息つく。

と、すぐさま、足音が聞こえてきた。女性がスッと膝をつく影が障子に映った。

「木下様がお見えです」

声をかけられ、桜田と持永は体を障子戸の方に向け、正座した。

障子戸が開く。

「お待たせしましたね」

「いいえ。本日は席を設けていただき、ありがとうございます」

桜田が手をついて、頭を下げる。持永も倣《なら》った。

木下はうなずいて、入ってきた。奥の席に座る。

「志乃《しの》さん、ちょっと先に話をしたいので、食事はそれからで」

木下が言う。

「承知しました。お話が終わりましたら、お声がけくださいませ」

そう言い、障子戸を閉じた。

桜田と持永は木下の方に向き直った。

「桜田君。私に会いたいと言っていたのはそちらの方だね？」

木下が持永を見る。

「ご足労いただき恐縮です。私は、二ツ橋経営研究所のシニアマネージャーを務めております、持永啓二と申します」

持永は自己紹介し、名刺を出した。

「ああ、君は赤星さんのところの人か」

「ご存じでしたか？」

持永が驚いた表情を覗かせる。

「私も古い人間なのでね。それなりに情報源はある」

名刺を見ながら言う。

「二ツ橋経営研究所は、赤星組の下部団体、相竜会のフロント企業だね？」

「おっしゃる通りです」

持永が大きな背を丸める。

「そんな人がなぜ、桜田君と接触したのかね？　桜田君もそちらの筋の方だということか？」

桜田に顔を向ける。

「いやいやいやいや、とんでもないです！　私はこの人にどうしても木下さんに会わせろと脅《おど》されて」

「脅してはいませんが……」

持永が桜田を見る。

桜田は木下にばれないよう、持永を下から見上げ、思い切り睨んだ。

持永は苦笑し、続けた。

「一般の方には、脅したと受け止められたかもしれませんね」

持永が話を合わせる。

「まあ、よろしい」

木下が笑う。

「さて、本題だが」

切り出した瞬間、木下がスッと真顔になった。持永をまっすぐ見据える。

その目は静かながら、見る者を飲み込まんばかりの圧を滲ませている。持永の頬が一瞬引きつったのを、桜田は見逃さなかった。

自分に向けられた圧でないにもかかわらず、息が詰まりそうでもあった。

これが、木下の本性か……。

木下もまた、桜田が出会ったことのない強さを持つ人間のようだった。

「桜田君から聞いた。君は私が彼に預けた遺言書の預かり証を奪えと依頼されたようだが、依頼主は誰かね？」

木下が圧を強める。

持永が口を開きそうになる。が、なんとか飲み込んだ。

「その前に、桜田さんにも話しましたが、依頼主を明かす代わりにそれなりの報酬、もしくは仕事をいただけませんか。私も、依頼主を明かせば、しのぎが一つ減ることになります。それはうちの組の存続や組員の生活にもかかわること。世知辛い事情を汲んでいただけませんか」

太腿に手を置き、頭を下げる。

「話次第では考えよう」

木下が言う。

それ以上は交渉できないような張り詰めた空気が部屋中に満ちる。

持永はうつむいて、思案を巡らせた。が、手はないとみたのか、一人うなずき、顔を上げた。

「私に預かり証の件を依頼してきたのは──」

「義久だな」

木下が言う。

桜田は驚いて、思わず声が出そうになった。

「そうです」

持永が首肯《しゅこう》する。

桜田はてっきり、春人が依頼したものとばかり思っていた。小夜たちが調べてきたデータを分析しても、関わりや事情に鑑みて、春人に間違いないと踏んでいたのだが。

「なぜ、義久さんだと思ったんですか？」

桜田はつい訊いてしまった。

木下は桜田に笑みを向けた。

「木下ビルは、赤星組と関わりが深いのだ。今はお互いのために関わりを断っているが、私の父が多摩地区の開発を始めた頃から、先代の赤星組組長の浦田《うらた》さんとは協力関係にあった。私が父の土地を取り戻し、都下のさらなる開発に乗り出した時も、現組長の皆《みな》川《がわ》さんには世話になった。不動産を扱う者は、どうしても反社会的勢力と関わりを持たざるを得ない面もあるんだよ。昨今は、負の側面ばかりが取り沙汰されるが、建設要員の手配、土地建物のスムーズな取得、占有者との交渉など、彼らがいないと立ちいかなくなる場合もある。私の代までは、お互いが役割を理解し、分担して、共に利益を享受してきた」

淡々と話す。

木下の話は理解できる。

まだ、日本社会が成熟していなかった頃、理不尽な暴力による支配は厳然《げんぜん》と存在していた。そんな中で、一般人が経済活動をしようとすると、どうしてもその暴力に対抗する力が必要だった。

特に、不動産に関する話は、一度に億単位の金が動くもの。暴力組織にとって、多額の報酬が得られるネタだっただけに、一般人を巻き込むことにも躊躇《ためら》いがなく、利権を得ようとする者も多かった。

また、そうした組織を利用して、商売敵を追い落とそうとする一般人もいた。

力に対抗するには、力しかない。信頼できる裏勢力と利益を共有する関係を築くのは、生き残る術《すべ》でもあった。

「君が義久と付き合って、どのくらいになる?」

「かれこれ十四、五年といったところでしょうか」

「私の代で、君たちとは縁を切れと言っておいたんだが……」

木下がため息をつく。

今の時代、暴力団関係者と交流があるというだけで、警察からは密接交際者に認定され、社会的な信用を一瞬で失ってしまう。

建設、不動産業界にどういう事情があろうと、社会はもう、共生を許してくれない。

本来であれば、義久に代を譲った時、赤星組は木下ビルの共生者として残るはずだった。

が、木下は現組長の皆川と話し合い、互いの存続のため、袂《たもと》を分かってほしいと申し出た。

もちろん、タダではない。これまでの感謝の意も込めて、小平市に造成中だった住宅地の権利を、赤星組が関係する不動産会社に譲渡した。

皆川は納得し、すべての関わりは断ったはずだった。

「義久が相竜会と接点を持ったのは、何がきっかけだね？」

木下が訊く。

「奥多摩に墓地を造成したのを覚えてらっしゃいますか？」

持永の言葉に、木下がうなずく。

「その時、そこを管理する予定だった寺の住職が利益を出そうとして、チンピラと組んでごねていたんです」

「その話は聞いていたが」

「おそらく、義久社長は、最終的に土地を二割増しで買い取ることで合意したと、会社には報告していると思いますが、実際は、弱り果てて、皆川組長に泣きついてきたんです」

「皆川さんに？」

「はい。ですが、皆川組長は、先ほどの木下さんの話通り、関係を断つという約束を守ろうとしました。でも、一方で、木下さんの息子さんを助けてあげたいという気持ちもあったようで、内々にうちに話を持ってきたんです。うちとしては、上から頼まれたことなんで、手を打たないわけにはいきません。それで、私が相竜会を出て、今の研究所を設立し、そこを通して仕事をすることにしたんです。相手は後ろ盾を持たないチンピラだったので、話は簡単に片づきましたが、その二割増しの分は、うちの取り分になりました」

持永の話を聞く木下は、腕組みをし、うなった。

「皆川組長からは、その件を片づけた後は、木下ビルに関わるなと言われていました。うちもそのつもりでいたんですが、義久社長は、味を占めてしまったようで。それで、皆川組長には内緒で、面倒ごとが起こるたびに、私のところへ来るようになったんです。うちとしてもいいしのぎにはなりますし、付き合いが続くうちに、気づけば、私自身も組を離れて五年以上経っていたので、表向きは一般社会人で通せますし。互いの利が一致してしまったので、今までずるずると付き合ってきたわけでして……」

「ではなぜ、今になって、義久を見限るような真似をするのだ？」

木下がまっすぐ持永を見据える。

持永は視線のやり場に困りつつも、木下を見返した。

「申し訳ないですが、正直に言わせていただいてもよろしいですか？」

「忌憚《きたん》なく話してくれ」

「では……。うちとしても、木下ビルとの関係は続けたかったんですが、義久社長が報酬を渋りだしたんです。まあ、コロナもあったんで、多少は仕方ないと思っていましたけど、ひどい時には、交渉一回につき五千円なんて値段で、私らを動かそうとしました。さすがにそれはねえと言ったんですがね。聞いちゃくれませんでした」

持永は声色の端々にうっすらと怒りを滲ませた。

「今回の預かり証の件も、報酬は一万円です。ガキの使いじゃないんで、さすがにやれねえなと思いましてね」

「それで、私に乗り換えたいということか」

「できれば、ですが」

持永が言う。

「あの、ちょっといいですか？」

桜田が口を挟んだ。木下と持永が桜田に顔を向けた。

「持永さんにとっては、相当舐められた話ですよね。なぜ、義久さんを脅さなかったんですか？　関係を暴露するとか、家族がどうなろうとみたいな感じで脅せば、報酬は出したと思いますけど」

「そうできるもんなら、そうしましたけどね」

持永が力のない笑みを浮かべる。

「うちがまだ木下ビルと関係しているとわかれば、組長が黙っちゃいません。上の命令を聞かなかったたって話になりますから。義久社長もそのへんはわかっているようで」

少し歯ぎしりをする。

と、木下は座卓に手をついた。

「それは申し訳なかった」

頭を下げる。

その行動に、持永だけでなく、桜田も驚いた。

木下に何ら落ち度はない。息子の失態だ。それに相手は、自分と皆川の約束を破った反社会的勢力の人間。木下が皆川に報告すれば、それで持永の命運が尽きる話だ。

しかし、木下は持永の立場に立ち、持永のプライドを傷つけていたことに対し、率直に詫びてみせた。

懐《ふところ》の広い人物でなければできない言動だった。

さすがの持永も、この行動には恐縮しきりだった。

「木下さん、顔を上げてください」

大柄の身体を小さく丸め、木下より頭を下にしようとする。

木下は頭を起こすと、持永をまっすぐ見つめた。

「君に私の仕事を手伝わせることはできない。だが、これまで義久に尽くしてくれたこと、にもかかわらず、君をぞんざいに扱い恥をかかせたこと、いくら詫びても詫びきれん」

「いえ、そこまでは……」

「今、私のタンス預金が五億ある。それで、治めてもらえんだろうか」

木下は躊躇《ちゅうちょ》なく提示した。

「それは過分な――」

持永が目を丸くする。

「いや、それでも足りないくらいだが、私も隠居の身なので勘弁してもらいたい。足の付かない金なので、君が受け取ってくれればいい。ただし、今後一切、義久とは関わらないこと。この条件は呑んでいただきたい」

ぐっと目に力を籠める。

持永は首を縦に振るしかなかった。

「桜田君」

「はい」

「明日、うちに来てくれ。そして、金を持永君に届けてほしい」

「僕がですか！」

「君しか頼める者はいない。頼まれてくれんか」

木下の圧が迫る。

「わかりました」

桜田はうなだれた。

「よかった。では、この件はこれで終了としよう。せめてもの詫びに、一献付き合ってもらおう。楽にしてくれ」

木下は立ち上がり、部屋を出た。

「すごい人ですね……」

持永が声を漏らす。

「いや、ほんとにな」

桜田も大きく息をついた。

「金、清流《せいりゅう》飯店に届ければいいか？」

「ええ。来るとき、連絡ください。部屋を用意しておきますんで」

持永の言葉に、桜田はうなずいた。

5

村瀬は、アイアンクラッドについて調べていた。

桜田には、簡単に調べればいいと言われていたが、会社名だけを教えても、なんだか足りない気がする。

桜田が何を調べているのか知らないが、相竜会も絡んでいる話なら、かなりややこしい問題には違いなさそうだ。

であれば、手助けとなる情報を桜田に届けたい。

松原や野中にも、アイアンクラッドのことを訊いてみたが、知らないようだった。

三人で動けば、より早く、より多くの情報を得られそうだが、万が一、二人を巻き込むようなことになってはしのびない。

アイアンクラッドのオフィスは新宿にある。西新宿の高層ビルの一室を借りているところをみると、それなりに資金は持っているようだ。

ホームページには、会社の概要や沿革が記されている。

社長は平尾皇成《ひらおこうせい》という男だった。歳は四十二歳となっているが、会社の沿革を見てみると、創業したのは二十年前。彼が二十二歳の時に起ち上げたことになる。

従業員数は二百名。主な業務は、イベント等の警備となっている。

これまでに担当した仕事の履歴には、誰もが知る音楽フェスもあれば、地方のちょっとしたイベント、ファンミーティング、小さな学会や国際会議の警備も担当していた。

ホームページを見る限りでは、特段、気になるところはない中堅の警備会社にしか映らなかった。

が、村瀬は、平尾皇成という社長が気になった。

調べてみると、興味深い情報がネットに流れていた。

平尾が会社を起ち上げた二〇〇〇年代初頭は、チーマーが廃《すた》れ、街にカラーギャング
が蔓延《はびこ》った頃だった。
平尾は当時、新宿を根城にしていたレインボーギャングのリーダーだった男ではない
かとの情報が散見された。
レインボーギャングについては、村瀬も先輩から聞かされていたことがあった。
数あるカラーギャングの中でもとにかく残虐で、頭にバンダナを巻いている者を見つ
けると、一般人だろうが関係なく襲っていたという。
敵対するギャングには容赦なく、レインボーギャングのメンバーで殺人を犯して服役
中の者も多数いるという話だ。
レインボーのバンダナを巻いていたのは、すべての色を制覇したという象徴だったと
も聞いている。
何より、レインボーギャングについて都市伝説のようになっている話の一つに、リー
ダーの正体が最後までわからなかったということがある。
警察の掃討作戦で、街中のギャングが一掃された際、一応、レインボーギャングのリ
ーダーは逮捕されている。
岸田《きしだ》という男だった。
岸田は、自分はリーダーではないと言い張ったが、レインボーギャングのメンバーの
証言から、リーダーと特定された。

岸田は複数の暴行事件、殺人事件にも関与しているとみなされ、懲役二十年の実刑判決を言い渡されたが、その後、服役した刑務所のグラウンドで、敵対していたギャングの男にバットで殴り殺された。

岸田の死をもって、レインボーギャングは壊滅し、それと共にギャング時代も終わりを告げた。

ただ、以降も、岸田がレインボーギャングのリーダーではなかったという話は出続け、今も謎として語られている。

その都市伝説めいた話の中に、平尾皇成がレインボーギャングのリーダーだったという噂もある。

こうした話は、ほとんどが虚言妄言でしかないのだが、平尾が警備会社を起ち上げた時期と年齢が気になっていた。

昭和の時代、暴力団が警備会社を設立し、資金源にしていたという例もあり、そのため、昭和四十七年に警備業法が作られ、都道府県公安委員会への届出制になった。

平尾がギャングを率いていたなら、警備業者にはなれないが、正体を隠していたとすれば、認定されてもおかしくはない。

もし、平尾が元ギャングのリーダーだと判明すれば、きっと桜田の役に立つ情報になるはず。

そう思い、村瀬はギャング時代の話を知る四十代の人たちを探し、夜の街を歩いていた。

飲み屋を覗いて、それらしき人がいれば、飲みながら話を聞く。中年男性は、飲むと饒舌になり、武勇伝を語りたがる。ちょっと持ち上げて、気分を良くさせれば、聞いてもいないことまでぺらぺらと若造に教えてくれる。

三軒、四軒と店を渡り歩いていると、元ギャングのマスターが開いているバーがあるという情報を仕入れ、その店に出向いた。

カウンターしかない狭い店の中に、こなれたライダースを着た男や長髪の男など、一癖も二癖もありそうな中年の男女が集っている。

一見の若造が一人で入ってきたのを見て、誰もが怪訝そうな顔を向けていた。

「一杯、いいですか？」

「いいよ」

深夜にもかかわらず、サングラスをかけているマスターは、カウンターの真ん中あたりの空いた席にコースターを出した。

村瀬はそこに座り、ウイスキーの水割りを頼んだ。

「兄さん、なんでここに来たんだ？」

マスターは水割りのグラスを出しながら訊いてきた。

「たまたま通りかかって、雰囲気あるなと思って、飛び込んでみたんです。なんか、邪魔したようならすみません」

「いや、かまわんよ。店だからね」

マスターが言う。笑顔はない。

「まあでも、ここに一見で入ろうなんて勇気のある若いのはそうそういない。兄さんもヤンチャしてきたクチか？」

「まあ、それなりですけど。昔の人たちには敵いません」

「昔の人とは？」

「いえね。俺のダチの年の離れた兄貴が、昔、ギャングだったらしいんですよ」

ギャングという言葉を出した途端、店内の空気がぴりっとした。

村瀬は少し身構えたが、そのまま話を続けた。

「カラーギャングとかいうんですか？　なんか、チームカラーのバンダナとかTシャツとか着て、違う色の連中を見つけると、時間も場所も関係なく、喧嘩してたとか言ってて。怖えなあって」

村瀬は笑って、水割りを含んで、口の渇きを潤した。

「なんか、いろんな色があったらしいですね。黄色とか赤とか黒とか。でも、その兄貴が言うんですよ。一番強かったのは、レインボーだって」

口にすると、またぴりっとした圧が村瀬の全身に浴びせられた。

ちょっとヤバいな……。

多少なりとも修羅場を経験してきた村瀬の肌が、危険を教える。

一方で、ここにいる中年たちは、情報通り、ギャングたちだったのだろう。肝心な話を聞けるかもしれない。

村瀬はギリギリまで訊いてみようと決めた。

「レインボーって。七色のバンダナ巻いてるの、なんかちょっと笑える気もするんですけどね」

すると、圧に殺気が混ざってきた。

「けど、俺がちょっと笑ったら、その兄貴に殴られたんですよ。間違ってもレインボーをバカにするな。今でも殺されちまうぞって。俺らの時代は半グレですけど、その兄貴の話とか、そういうの聞いてたら、なんか半グレとは違う感じもして。でも、だからそういう人に会ったら、話聞いてみたいなと思ってて」

「そうかい。まあでも、あまりギャングの話はこういうところではしない方がいいよ。一般人だろうが関係なく殺すヤツもいたからね」

「マジっすか！　こえー」

村瀬は水割りを半分ほど飲んだ。

「でも、その兄貴の話で、一つだけ気になってることがあるんですよ」

「なんだ？」

マスターが村瀬を見る。サングラスの奥からでも、目が殺気立っているのがわかる。

切り出しちゃいけなかった……と思ったが、何も言わず出て行くわけにもいかない。

根性を決めた。

「レインボーギャングのリーダーだった岸田って人、刑務所で殺されたらしいんですけど、本当は岸田はリーダーじゃないって言ってたんです。じゃあ、誰なんだと訊いてみたら、それは知らない方がいいと言われて。それ以来、気になって気になって。本当にそんなことってあるんですか？」

マスターを見返した。

「さあな。俺もその時代を生きてるから、そういう噂があったことは知っているが、噂だろうよ」

「やっぱりですか。兄貴、俺らをビビらせようとしたんだな。今度会ったら、とっちめときます」

村瀬は水割りを飲み干し、立ち上がった。

「いくらですか？」

「千円ね」

マスターが言う。

村瀬はポケットから札束を取り出し、千円札をマスターに渡した。

「じゃあ、なんかすみませんでした」

「いいよ。また来な」

「はい。失礼します」

マスターと他の客に一礼して、笑顔を崩さず、表に出た。

ドアがゆっくりと閉まる。

村瀬は大きく息を吐いた。膝が震え、崩れそうになる。

「いやいや、こりゃ相当ヤバい話だな……」

これ以上はやめておこう。

村瀬は二度、三度と振り返りながら、誰も尾行してきていないことを確認して、急ぎ足で繁華街を離れた。


店の裏口のドアが開いた。

店内にいた男性客の一人が出てきて、壁際に身を隠し、村瀬を見つめる。

村瀬が何度か振り返り、尾行されていないことを確認してから足早に去っていく様を見て、男は村瀬の背中を追った。

第3章

1

池田孝蔵は西新宿の高層ビルを訪れていた。五十階のワンフロアを貸し切っているのは、警備会社〈アイアンクラッド〉だ。

社内に通された孝蔵は、奥の社長室に案内された。

一面ガラスの窓からは、新宿のビル群と街が一望できる。左手には執務机があり、中央の広いスペースにゆったりとした応接セットが置かれていた。

孝蔵は腰が沈むほどのソファーに深く座り、もたれ、脚を組んだ。

対面には、目鼻立ちのはっきりした細身で長身の男がいた。少しパーマをあてた髪をラフな感じで横に流し、体形にフィットしたスーツを身に着けている。

組んだ脚は膝下も長くすらりとしている。モデルのようだった。

「なるほど。その桜田という男から、預かり証を奪って、木下義人の秘密証書遺言を取ってこいというわけですね」

男が言う。

「そういうことだ。頼めるか？」

「難しい話ではないですが、報酬次第ですね」

「これでどうだ？」

孝蔵が指を一本立てる。

「千ですか？」

「いや、百なんだが……」

孝蔵の笑みが強《こわ》ばる。

と、男はふっと笑った。

「冗談ですよ。春人社長には仕事も回してもらっていますから、実費で結構です」

相手を包み込むような柔らかい笑顔を見せる。ルックスがいいだけに雰囲気もあり、ふっと気持ちを持っていかれそうになる。

しかし、うっかり気を許すと、骨の髄までしゃぶられる。

目の前にいるのは、アイアンクラッドの代表取締役社長、平尾皇成だ。都会のギャングを恐怖で支配したレインボーギャングのリーダーと噂される男だった。

初めて平尾に会ったのは、孝蔵がまだ美佐希と結婚する前、投資コンサルタント会社を経営していた頃だった。

投資コンサルといっても、高い金を取ってセミナーを開き、参加料で稼ぐといった類《たぐい》のもので、セミナーを受けた者が儲けられるわけではなかった。

今の情報商材販売と似た手口だ。半分、詐欺でもある。

そのため、高額セミナーを受けた者の中には、騙されたと騒ぐ者もいて、一時期、脅迫をされ、セミナーの開催も危ぶまれる事態にまで追い込まれたことがあった。

そこで警備会社を探していたところ、知人から紹介されたのがアイアンクラッドだった。

当時、まだ二十代の若者だった平尾と会った時、レインボーギャングのリーダーだったという噂は、ただの都市伝説だと感じた。

平尾に威圧感はなく、見目のいい若者だとしか思わなかった。

従業員や幹部には、目つきが悪く、タトゥーを入れている者も多い。口を利いただけで刺してきそうな雰囲気の者までいる。

そうした猛者をよくまとめているなと感心するほどだった。

だが、付き合いを続けていくうちに、平尾の本性が見えてきた。

セミナーへの脅《おど》しは時々あったが、実際に会場へ姿を見せる者はいなかった。

しかし、念のために、アイアンクラッドに警備を依頼した。

当時はまだ、平尾を含め、十人程度で警備を行なっていた。平尾は警備員の服を着たマネキン人形のようだった。

会場を訪れる、特に女性客にはウケがよかったので、平尾をそのまま出入口に置いていたが、ある時、本当にセミナー中に怒鳴り込んできた者がいた。

四十代のサラリーマンで、柔道や空手の心得がある者だ。体も大きく、声もデカい。男は強引に中へ入ろうとした。その前に、平尾が立ち塞がった。

頼りなげだった。

平尾は後ろ手でセミナー室に続くドアを押した。男の怒鳴り声だけが響き、ドアがゆっくりと閉まった。

瞬間だった。

男の怒鳴り声が聞こえなくなった。廊下で何が行なわれているのかわからないが、少しバタバタとした音が聞こえた後、静かになった。

参加者たちも、不安げにドアの方を見つめていた。

と、平尾が入ってきて、参加者たちに笑顔を向けた。

申し訳ありませんでした。彼とは別室で話し合いをしますので、ご安心ください。

透き通るような声と爽やかな笑顔に、参加者たちは安堵の笑みをこぼし、その後、セミナーは滞りなく終わらせられた。

参加者が帰った後、孝蔵は平尾に訊いた。

男はどうしたのか、と。

平尾は、確認しますか？　と言い、孝蔵と地下の駐車場に降りた。

警備員たちが乗る大きめの黒いワゴンがある。平尾は孝蔵を連れて行き、後ろのスライドドアを開いた。

男は手足を縛られ、口に養生テープを巻かれて、後部シートに寝かされていた。顔は原形がわからないほど腫れ上がり、テープの脇からは血が溢れている。

男が顔を起こした。平尾を認めたとたん、男はくぐもった悲鳴を漏らし、目を引きつらせた。

平尾から逃げようと、反対側のドアの方へ芋虫のように動く。

助手席や三列目シートにも警備員たちがいる。しかし、男が怯《おび》えていたのは、間違いなく平尾だった。

何をしたんだ、と孝蔵は訊いた。

話し合いですよ、と平尾は答え、男を見やる。そうですよね、と男に言うと、男は震えながら何度も何度もうなずいた。

とても話し合ったとは思えない光景だったが、孝蔵はそれ以上、何も訊けなかった。

平尾は、あとは任せてくださいと言い、男をどこかへ連れ去った。

男は今も行方不明だ。

不気味ではあるが、警備の腕は本物だった。

美佐希と結婚し、春人が設立したＳＥＰの手伝いをするようになった時、警備要員としてアイアンクラッドを紹介した。

アイアンクラッドは、従業員三十名ほどの会社に成長していた。

さらに、SEPと組んでからは、会社の規模がどんどん大きくなり、今では従業員二百名を超える、東京証券市場に上場を果たした株式会社となった。

上場したものの、五十パーセントを超える筆頭株主は平尾で、会社の株価が上がるほど、自分が儲かる。

また、おそらくだが、株価を操作したようで、アイアンクラッドの株価は右肩上がりに伸びていた。

今や、平尾はそこそこの資産家でもあった。

「で、いつまでに済ませればよろしいですか?」

平尾が訊く。

「なるべく早い方がいい」

「SEPの資金繰りの関係ですか? よろしければ、うちでお貸ししますよ」

笑顔で言う。その笑顔に鳥肌が立つ。

「今は大丈夫。その時は頼むよ」

孝蔵は差し障りのない返事をした。

「本当に大丈夫ですか? 僕の耳には、SEPは火の車で、春人社長の吉祥寺のビルも抵当に入れられているという話も入ってきていますが」

平尾は脚を組み替えた。

孝蔵が思わず、渋い顔をする。平尾は笑みを崩さない。

「池田さん。経営コンサルタントとしてのあなたと話をさせてもらいますが」

平尾はまっすぐ孝蔵を見つめた。

「うちも大きくなって、このフロアが手狭になってきてましてね。自社ビルでも持とうかと役員と話しているんですよ」

「まさか、吉祥寺のビルを渡せと？」

孝蔵の片眉が上がる。

「銀行の融資分を肩代わりして、相場の二倍で買い取ります。SEPも、よろしければ、池田さんの会社も入居してください。家賃はいりません」

「何を考えているんだ？」

孝蔵は怪訝《けげん》そうな目を向けた。

平尾は笑顔を崩さない。

「春人社長や池田さんのおかげで、僕らもここまで大きくなれました。せめてもの恩返しにと思いまして」

平尾が言う。

その言葉を額面通りに受け取ることはできないが、疑う理由もない。

平尾の言うとおり、アイアンクラッドはまだまだ成長途上の会社だ。自社ビルを構えて、もっと大きくしようという話はわかる。

会社が成長するとなると、吉祥寺駅前という立地を考えれば、春人の借金を清算して、相場の倍で買い取っても、損はないのかもしれないが……。

「それとなく、春人社長に話しておいてもらえませんか。僕の方はいつでも、春人社長さえよければ、買い取らせていただきますので」

「まあ、タイミングを見てな」

「お願いします」

平尾が脚を解《ほど》いて頭を下げた。

孝蔵は薄気味悪さを感じつつ、平尾を見つめた。

ドアがノックされた。

「社長、失礼します」

ドアが開き、坊主頭の大柄の男が顔を出す。

平尾の側近で副社長の沢井《さわい》泰司《たいじ》だ。筋骨隆々で目もぎょろっとしていて、眉尻の切り傷も相まって、対峙するものを威圧する。

「じゃあ、俺はこれで」

孝蔵が立ち上がった。

沢井は孝蔵に一礼した。孝蔵はうなずき、そのまま社長室を出た。

2

沢井が社長室のドアを閉めた。

「何しにきやがったんですか、あいつ」

沢井はドアの方に顔を向け、平尾に歩み寄った。

「野暮用なんだが、ちょうどよかった。ちょっと頼まれてくれるか」

「なんですか？」

「尾見司法書士事務所の桜田ってヤツが持っている遺言書の預かり証を奪って、事務所の貸金庫から遺言書を出してきてほしいんだ」

「また、面倒な話を持ち込んできたんですね」

「たいしたことじゃない。恩は売るだけ売っとけばいい。それに、遺言書というのが気になる」

「気になるとは？」

沢井が訊く。

「遺言書は木下義人のものだ」

「春人さんの親父ですね」

沢井の言葉に、平尾がうなずく。

「木下義人は、息子二人にすべてのビルを譲ったわけではない。まだ、自分名義のビルを何棟か持っている。そいつをどうしたいのかわかれば――」

「儲け口があると？」

沢井がにやりとする。

「まあ、中身次第だがな。で、おまえの用事はなんだ？」

「10Q《テンキュー》の垣内《かきうち》から連絡がありまして」

沢井が言う。

垣内は、元レインボーギャングのメンバーで、今は新宿区役所通り沿いの路地で小さなバーを開いている。

10Qという店名は、漢語で虹を表わす『天弓』から取ったものだ。元レインボーギャングの面々には、隠語のように扱われている。

「うちの会社やレインボーギャングのことを探っている若造がいるらしいんですよ」

「そうか。まあ、ほっといていいんじゃないか？」

平尾は涼しい顔で言う。

「それだけならいいんですけどね。そいつ、岸田は偽のリーダーじゃないかと話したそうです」

「ほお」

平尾の目つきが鋭くなる。

「元ギャングのダチの兄貴から聞いた話だって言ってたそうなんですが、ピンポイントで垣内の所へ来るあたり、ちょっと気になりますね」

「池田の件を済ませたら、そのガキさらって、連れてこい」

「会うんですか？」

沢井が目を丸くする。

「面白いじゃないか。レインボーギャングの都市伝説を追っている若造なんてのは。話してみたい」

「わかりました」

沢井は礼をして下がった。

ドアが閉じると、平尾は窓の外に目を向け、新宿の街を一望する。

「レインボーギャングか。懐かしいな」

つぶやき、ふっと笑った。

3

桜田は翌日の午後、木下義人の邸宅を訪れた。家政婦の山口いのりが迎えに出る。

相変わらず、一ミリも表情を変えず、桜田を最奥の部屋に案内した。

「桜田様がお見えです」

「どうぞ」

木下が中から言う。

いのりは障子を開けた。奥の席に木下が座っていた。

「失礼します」

桜田は一礼し、中へ入った。

「いのりさん、すぐに用事は済むので、お茶はいりません」

「承知しました」

いのりは言い、障子戸を閉めた。

いのりの足音が遠のくのを待って、木下が切り出した。

「昨日はお疲れさん」

「いえ、こちらこそ、ご足労いただき、ありがとうございました」

正座して、深々と頭を下げる。

「今日は車かね？」

「はい」

「では、このままでいいだろう。そこの段ボール箱を見てくれ」

木下は桜田から見て部屋の右隅に積まれた段ボール箱を見やった。

桜田は立ち上がり、段ボール箱に近づいた。引っ越しに使う中サイズの段ボールが三箱ある。一番上にある段ボールの蓋を開いてみた。

思わず、目を瞠《みは》った。

箱の中には、帯封の付いた一万円札の束がぎっしりと詰まっていた。

「持永君と約束した五億円だ。それを彼に渡してもらいたい」

「本当に渡す気だったんですか！」

「当たり前だ。私は口にしたことは守る」

木下が言う。

「それを彼に届けてくれ」

「わかりました」

「一人で運んで、積んでもらいたい」

「ここに金が入っていることを知っているのは？」

「私と君だけだ。いのりさんには、不動産関係の廃棄書類と伝えている」

「承知しました。じゃあ、運び出しますので、カバンを置かせてもらってもいいですか？」

「かまわんが、預かり証はどうしている？」

「肌身離さず、ここに」

桜田は上着の左胸あたりを叩いた。

木下が満足げに微笑む。

桜田は段ボールを抱えた。ずしりと重みが腕や足腰にかかる。

一万円札は一枚約一グラム。一億円だと十キロにもなる。箱三つに五億円入っているということは、一箱が十六か十七キロぐらいになるのだろう。軽くはない。

桜田は踏ん張って、箱を運び出した。木下が障子を開けてくれた。

ひ弱なところを演じたいが、気を抜くと腰をやられそうなので、体幹をしっかりと立て、確かな足取りで、段ボールを持って廊下を進んだ。

木下がその後ろ姿をじっと見る。

桜田は視線を感じつつ、玄関口まで出た。いのりがいた。

「サンダルを使ってください」

いのりが言う。

「すみません」

桜田は笑みを返し、サンダルに足を通した。

「私も手伝いましょうか？」

「運ぶのは大丈夫です。玄関のドアを開けていただけますか？」

桜田が言うと、いのりは三和土《たたき》に下り、玄関ドアを開けて押さえた。

「ありがとうございます」

会釈《えしゃく》をして外に出て、車に運ぶ。段ボールを足下に置き、バックドアを開け、荷室に段ボールを積む。少し車の後方が沈む。

桜田はバックドアを開けっぱなしにして、屋内に戻った。

再び、一箱運んでくる。と、ふと段ボールの蓋の合わせ目がずれていることに気がついた。

蓋は特にガムテープで止めていたりはしない。浮かないように閉じているだけだ。

桜田はわざと気づかないふりをして、持ってきた一箱を荷室に積み、木下の下に戻った。残りの段ボールに歩み寄りながら、訊いた。

「木下さん、段ボールの蓋、ガムテープか何かで止めておかなくて、大丈夫ですか?」

「かまわんよ。君が持っていくだけだろう?」

「そうですが……」

「何か気になることでも?」

「あ、いえ」

桜田は笑顔を作り、カバンを段ボールの上に載せた。

「では、私はこれで失礼しますので」

「よろしく頼むよ」

木下が言う。

桜田は首肯《しゅこう》し、段ボールを抱えて車に戻った。

自分の革靴を履いて、いのりを見やる。

「ありがとうございました。これで失礼しますので」

「そうですか。お気をつけて」

いのりがかすかに笑みを覗《のぞ》かせた。笑うとますます薄幸な雰囲気が漂う。

桜田は段ボールを積み終えた。二回目に運んできた段ボールに、特に変化はない。

バックドアを閉めて、運転席に乗り込んだ。エンジンをかける。

いのりは玄関口で深々とおじぎをし、桜田を見送った。

屋敷が見えなくなったところで、小金井公園沿いの側道に車を停めた。

バックドアを開け、段ボールを確認する。金が抜かれた形跡はない。バックドア周りを調べてみる。

しゃがんで、リアバンパーの裏を覗き込むと、黒い小さな塊が付いていた。取ってみる。

「ほお、これはこれは」

一目でわかった。GPS追跡装置だ。

桜田もかつて、取り立てを行なっていた時、部下に命じて、飛びそうな客の車に取り付けさせたことがある。

いつから取り付けられていたのかは不明だが、目星は付いている。

おそらく、いのりだろう。

桜田が段ボールを取りに行っている最中なら、簡単に取り付けられる。

今日、桜田が乗っている車は、先日、小夜が運転していた車とは違う。取り付けるとすれば、事務所が借りている駐車場か、もしくは木下邸の駐車スペースのみ。

帰り際、笑顔を見せたのも、不自然といえば不自然だった。

「目的はなんだ？」

口にしてみる。

木下はいのりに、段ボールの中身は廃棄書類だと伝えている。金が入っていたことは知らなかったはず。金の行方を追おうとしていたわけではなさそうだ。それとも、中身を確認して金だと分かり、ＧＰＳを取りつけたか。しかし、事前に装置を用意しているというのもおかしな話だ。

他に考えられるのは、桜田の動向を調べること。桜田の行動パターンや現在地を把握すれば、的確な場所で桜田を襲うことができる。

桜田はバックドアを閉めた。追跡装置をポケットに入れ、運転席に戻る。

スマホを出して、持永に連絡を入れた。

「……もしもし、桜田だ」

――お疲れさんです。金、受け取りましたか？

「ああ。だが、ちょっと野暮用で遅れる」

――何かありましたか？

「いや、たいしたことじゃない。済ませたらすぐそっちへ向かう」

――わかりました。お待ちしています。

持永はそう返し、電話を切った。

桜田はポケットにスマホをしまって、大きく息をついた。

「さてと。最初から本気出すか」

強く息を吐いて、車を出した。

4

桜田は小平へ向かう途中、誰もいない造成中の現場を見つけて、そこに車を入れた。

車は敷地の真ん中に停めた。シートを倒し、寝転がる。そして、待った。

何者かが追跡装置で追ってきているなら、人気《ひとけ》がなくなったところで接触してくるはずだ。

運転席側のドアはロックを外し、少し開けていた。

一時間くらいたっただろうか。うとうとし始めた頃に、車の音が聞こえてきた。少し離れたところで停まる。

桜田は薄目を開けた。

入ってきた車のドアが開いた。運転席、助手席、スライドドアの音もする。複数の足音が近づいてきた。

寝転んでいる桜田の顔に影が差した。

「沢井さん、桜田ってヤツ、寝てますよ」

男の声がした瞬間、桜田は突き飛ばすようにドアを押し開いた。

不意に開いたドアを避けられず、男がよろよろと後退する。

桜田は車から飛び出た。目の前によろけた男がいる。手には金属バットを持っている。

素早く駆け寄り、懐《ふところ》に入るや否や、男の両肩をつかんで、腹部に膝蹴りを入れた。男が目を剝いて前のめりになる。

桜田は男の耳をつかみ、頭突きを見舞った。一発、二発。鼻頭がひしゃげ、前歯が折れ、血が噴き出す。

三発目を入れると同時に手を離す。男は顎を撥ね上げ、背中から地面に落ちた。

男の右手を踏みつける。手から金属バットがこぼれる。桜田はそれをつかむと、男の腹を先端で突いた。

男は呻《うめ》いて目を剝き、気絶した。

顔を上げる。桜田の顔は、男の血で少し赤く染まっていた。

倒れた男の先にミニバンが停まっている。その前に四人の男が立っている。

桜田は四人を睥睨《へいげい》し、金属バットを投げた。

三人の男がびくっとして身を竦《すく》める。が、坊主頭の大柄の男は仁王立ちし、回転する金属バットを受け止めた。

バットを横に投げ捨て、前に出てくる。

「おまえ、誰だ？」

男が睨む。

桜田は睨み返した。

「おまえらが追ってる尾見司法書士事務所の桜田だ」

「嘘つけ。桜田は情けねえ風貌の男と聞いている」

「普段はな。おまえらみてえなのに絡まれるのが面倒だからよ。けど、今回はそういうわけにもいかなそうだったからな」

桜田はポケットから追跡装置を取り出した。

男に向かって、投げる。男はそれを取った。手のひらを広げ、物を見る。

「くだらねえ真似しやがって。どっちに頼まれた？　義久か、春人か？」

桜田が訊くと、男は眉を吊り上げた。追跡装置を握り潰す。砕けた追跡装置を足下にパラパラと落とした。

「本物のようだな。予定とは違うが、まあいい。目的は変わらん。おまえ、木下義人の遺言書の預かり証を持っているだろう？　それとその車に金を積んでいるだろう。そいつらをおとなしく渡せば、無傷で帰してやる」

男が言った。

「金のことまで知ってんのか。やっぱ、あの女がそいつを仕込んだんだな」

砕けた追跡装置に目を向ける。

男はしまったというように顔をしかめた。

「この件を木下さんに全部話すこともできるが、おまえらが素直に誰から頼まれて俺を襲ってんのかしゃべれば、見逃してやる。おまえらの雇い主は誰だ？」

桜田が再度訊いた。

「おまえ、俺らに勝てると思ってんのか」

坊主男が目力を強める。

他の三人も殺気立つ。

「殺れ」

坊主男が言うと、三人の男が飛び出してきた。鉄パイプやナイフを持っている。

桜田は自然体で立った。目は前に向けているが、焦点は合わせず、全体をぼんやりと見ている。

三つのぼんやりとした影が近づいてきていた。左の男が他の二人より近い。手には長いものを持っている。鉄パイプだ。

桜田は影の大きさで距離を測った。男が鉄パイプを振り上げた。

瞬間、桜田は地を蹴った。男が鉄パイプを振り下ろす前に、懐に入った。左手で男の腕をつかむと同時に、強烈な右ボディーフックを叩き込んだ。

男の腰が浮き上がった。

桜田は鉄パイプを右手で握った。左手で男の腕を押さえたまま、男の親指と人差し指の間に向けて、鉄パイプを倒す。

男の指が鉄パイプから離れた。

桜田は鉄パイプを持って、後ろに飛んだ。そして、鉄パイプを水平に振る。前屈《かが》みになっていた男のこめかみに、鉄パイプが食い込んだ。腰をひねって、鉄パイプを振り切る。男は真横に吹っ飛び、倒れた。地面に横たわり、ひくひくと痙攣《けいれん》している。

再び、視界を広げてぼやかす。

まっすぐ向かってきていた二人の男が左右に分かれた。手にはナイフを握っている。

桜田は右の男の前に、鉄パイプの先端を突き出した。

男が足を止めた。左側の男が一人だけで突っ込んでくる形となった。男は桜田の背後に回った。

桜田は左脚を大きく後ろに出し、鉄パイプを両手で握って、振り返りながらバットのように振った。

背後に回った男は、突然自分が標的にされ、一瞬体を強ばらせた。

桜田の鉄パイプが真正面から男の顔面を捉えた。頬骨が砕け、男の顔面が凹んだ。

鉄パイプを振り切る。

男は真後ろに吹っ飛んだ。両足が宙に跳ね上がり、背中から落ちる。勢いがついているせいで、体は一回転半後転し、男はうつぶせに沈んだ。

もう一人のナイフの男は、桜田と対峙した。仲間三人があっさりやられたのを見て、慎重になっているようだ。ナイフを何度も握り直し、右に左にと蟹のように横移動しているだけ。

桜田は不意に飛び込んだ。鉄パイプを振り下ろした。男は上体だけを反らした。腕の動きが一瞬遅れる。

鉄パイプの先端が右手首を打つ。男の手からナイフがこぼれた。

桜田はふっと笑って、鉄パイプを投げ捨てた。仁王立ちをする。

「ほら、殴りかかってこい。一発くらいは受けてやる」

桜田は男を見据えた。

男は右手首を押さえ、桜田を睨む。が、動かない。

と、怒鳴り声がした。

「殺れ！」

坊主男の怒声だった。

男は背中を弾かれたように突っ込んできた。右拳を握り、振り回す。

男の拳が桜田の頰を捉えた。桜田がかけていた伊達《だて》メガネが飛ぶ。男はにやりとして、顔を起こした。

が、桜田は口から血を流しながらも立っていた。口に溜まった血を手のひらに受け、その手で髪を撫でつける。

「悪いパンチじゃねえが、その程度じゃ、虫も殺せねえな」

剃り込みが見え、花弁状の傷の痣《あざ》が血の色に染まる。

「おまえ……！」

男は目を見開いた。

桜田は拳を握った。男の髪の毛を左手でつかむ。

「知ってんなら、覚悟しろ」

血走った眼に笑みを浮かべると、眼球に拳を振り下ろした。男は目をつむった。痛みで暴れる。それでも髪の毛を離さない。

桜田は同じ場所を二度、三度と殴りつけた。眼底の骨が砕け、左眼が真っ赤になる。

拳は男のこめかみも打つ。男の脳が揺れ、ふらついた。

「やめて……ください……」

男は桜田のスーツをつかんで、声を絞り出した。

「寝てろ」

こめかみを打ち抜き、左手を離す。

男は桜田にもたれると、ずるずる足元に落ちていった。

「あーあ、スーツが汚れちまったじゃねえか。血は洗っても取れねえんだぞ」

桜田は男の顔面を踏みつけ、坊主頭の男を見た。

坊主頭の男は、真顔になっていた。

「まさか、あの桜田だったとは……」

それを聞き、桜田はため息をついた。

「おまえらみてえな連中に名が売れてても、何もうれしくはねえんだがな」

顎を少し上げ、男を睨む。男の顔が引きつる。

「おまえ、そこに寝てるヤツが呼んでた沢井ってやつだろ。何者だ、おまえら？」

訊くが、男は答えない。

「まあいいや。話さねえなら、しゃべらせるまでだ」

桜田はゆっくりと近づいていく。

男は拳を握り、身構えた。桜田が間合いに入ったとみるや、腰を落とし、突っ込んできた。

男が右腕を引く。

桜田は左脚を大きく踏み出し、少し開いた男の胸元に右前蹴りを放った。

男は胸元で受け止めた。押し返せると踏んだようだ。が、桜田の前蹴りは鞭のようにしなって鋭く、男の背中まで衝撃が貫いた。

男はたまらず、よろけて後退した。

顔を上げる。と、桜田の体が宙に浮いていた。背中を向けている体が宙で回転している。

男は顔の前に両腕を立ててクロスした。

桜田の飛び後ろ回し蹴りが男の両腕に炸裂した。ガードしていた腕が自分の顔面を打った。凄まじい衝撃に二、三歩後退して、尻餅をついた。

桜田が走って来た。男の前で飛び上がる。男は頭上を見上げた。その顔に桜田の靴底が降ってきた。

男の顔面が歪んだ。そのまま踏み潰される。地面に後頭部を打ちつけ、男の顔が潰れた。

折れた歯が吐き出した血と共に地面にこぼれる。

桜田は男の頭を横から蹴った。男の脳みそが揺れ、黒目が不規則に揺れる。

「筋肉バカは、なんでも力で押し切れると思ってるから、やりやすいな」

桜田が腹を踏んだ。男が無意識に力を入れる。

桜田は少し足を上げた。男は腹筋を緩めた。そこを踵で踏みつける。

男は目を剝いて呻き、また血を吐き出した。

桜田は落ちていたナイフを拾った。男にまたがり、喉元に切っ先を押し当てる。

「さて。おまえらが何者で、襲撃を誰に頼まれたのか、話してもらおうか」

皮膚に切っ先を入れる。ぷつっと皮膚が切れ、血の玉が浮かぶ。

それでも男は話そうとしない。

「おまえ、桜田の都市伝説を知ってんだろ。逆らうヤツの顔の皮を剝いだとか、両手足を斬り落としたとかって話、聞いたことねえか？ ありゃなあ――」

桜田は男の鼻の下に刃を当てた。

「マジだ」

桜田が鼻に刃を少し食いこませる。

「待て！　待ってくれ！」

男は眉尻を下げ、声を上げた。

「さっさと話せ」

桜田は男を見下ろした。

男が口を開こうとする。と、パトカーのサイレンが聞こえてきた。

一瞬、桜田が音のした方に顔を向けた。

男は腰を撥ね上げた。太い腕を振り、桜田を押しのける。桜田は地面に転がった。

倒した男たちもサイレンの音で目を覚まし、気を失った仲間を抱えて、よろよろとミニバンに向かっていく。

桜田は誰か一人でも捕まえて、吐かせたかったが、自分が捕まるのもヤバい。

自分の車に駆け戻り、シートを起こして、エンジンをかける。

そして、男たちが車を動かす前に、敷地を出た。

桜田は小金井公園へ戻っていた。途中、スマホを出し、スピーカーに切り替えて、電話を鳴らす。

——はい、持永です。

スピーカーから持永の声が聞こえてきた。

「桜田だ。聞こえてるか？」

——ええ、聞こえてますよ。なんか響いてますけど。

「運転中なんでな。持永さん、すまねえ。ちょっとそっちに行けなくなった。一度家に戻って、それから、小金井公園の第一駐車場に車を停めておくから、金を持って行ってくれ。ナンバーは品川536、あの——」

車のナンバーと車種、色などを伝える。

「キーはバックドアの取っ手の裏側に付けておく。開けて、中の段ボール三箱を移したら、またバックドアを閉めて、ロックして、キーを取っ手の裏側に隠しといてくれ」

——そりゃあ、かまいませんが。何があったんですか？

「あんたが頼まれたことを、他にも頼まれてるヤツがいるみたいでな。そいつらがちょっかいかけてきた。もちろん、返り討ちにしてやったがな」

桜田が言うと、電話の先で笑い声が聞こえた。

「手間かけさせて、すまねえ」

——桜田さんが無事ならかまいません。なんかあったら、いつでも言ってください。

「ヤクザに頼る気はねえよ」

——ヤクザとしてではなく、二ツ橋経営研究所のシニアマネージャーとして協力させてもらいます。

「そうやって、嵌め込むんだろうが、おまえらは」

——桜田さんを嵌め込んだりはしませんよ。潰されちゃたまらない。

そう言って笑い、真面目な声になる。

「――桜田さんが、俺を木下さんに早々に会わせてくれたんで、義久とも縁が切れましたし、うちも潰れずに済んだんです。恩は返さねえと、渡世の義理が立ちません。

「そうかい。まあ、そんな時があったら頼むわ。じゃあ、金は持ってってくれよな」

桜田は言うと、電話を切った。

「さてと、あいつに吐かせるか」

桜田はフロントガラスの先にいのりの顔を思い浮かべ、アクセルを踏んだ。

5

桜田は路地の陰から、木下邸の勝手口を見張っていた。

いったん家に帰り、シャワーを浴びて血を流し、ジーンズとポロシャツに着替えて、小金井公園へ車を置き、木下邸の前に戻ってきていた。

一時間ほど経った午後五時ごろ、勝手口のドアが開いた。エコバッグを持ったいのりが出てくる。

桜田の方へ歩いてくる。脇を過ぎようとした時、桜田はいのりの前にスッと歩み出た。

いのりは驚いたように目を見開いた。初めて見る、感情をあらわにした顔だった。

「沢井だっけ。あの筋肉バカ、たいしたことなかったぞ」

にやりとする。

いのりの顔が強ばる。踵《きびす》を返し、逃げようとした。

「全部、バラしちまうぞ」

桜田が言うと、いのりは足を止めた。

桜田はゆっくりいのりに近づいた。

「俺の訊くことに全部答えてくれねえと――」

話しながら、耳元に顔を近づける。

「地の果てまで追い込むぞ」

小声で言う。

いのりが肩を竦めてぶるっと震えた。本物の怖さは知っているようだ。

「そこの公園に付き合え」

そう言い、歩き出す。

肩越しに後ろを見ると、いのりはうつむいて、渋々ついてきていた。

住宅街にある小さな公園だった。桜田はベンチに座った。隣を指でつつく。いのりは体を少し桜田とは反対側に向け、浅く腰かけた。

「さて、まず。俺の車にＧＰＳの追跡装置を付けたのは、あんただな？」

桜田が訊くと、いのりは仕方ないといった様子で小さくうなずいた。

「誰に頼まれてやったんだ？」

訊ねる。

いのりは口をつぐんだままだ。

桜田はベンチの背もたれに拳を打ちつけた。

いのりはびくっとして、腰を浮かせた。

「誰だ？」

「……池田さんです」

「池田？　木下さんの妹か？」

「美佐希さんの旦那さんの孝蔵さんです」

「目的は？」

「うちの旦那様が作った秘密証書遺言の中身を確認するため、桜田さんが持っている預かり証を奪うことです」

「なぜ、あんたが協力するんだ？　あんたは、春人派なのか？」

桜田が訊くと、いのりは深くうつむいた。

「はっきりしてくんねえかな。こっちは痛い思いさせられてんだよ」

苛立った口調で言う。

いのりは重い口を開いた。

「孝蔵さんは……私の父なんです」

「えっ」

桜田は驚いて、いのりを見やった。

「私が一歳の時に家族を捨てて出て行った人なので、父という実感はないんですけど、DNA鑑定をしたら、確かに父でした……」

「それを木下さんは？」

訊くと、いのりは顔を横に振った。

「黙って潜り込んだというのか？」

「高校三年の時、母が亡くなりました。母の葬儀を終えて四十九日を迎える頃、どこで聞きつけたのかは知りませんが、孝蔵さんが現われて、いきなり父だと名乗りました。にわかには信じられなくて、気持ち悪くて、私は孝蔵さんから逃げるように働いていたんですが、何度も見つけられて。そうこうしているうちに、そこから六年ぐらい経った頃でしたか。孝蔵さんが突然木下家の家政婦になれと言ってきたんです」

「よくそんなのに従ったな」

「仕方なかったんです。母は女手一つで私を育ててくれましたが、私の知らないところでずいぶん借金をしていたようなんです。母が死んで、そのことがわかりました。その額は一千万円を超えていて、当時まだ高校生だった私には、どうしたらいいのかわからなかった。卒業目前の高校をやめて、昼夜かまわず働いて、その借金を返済していました。そんな時に、孝蔵さんから、借金を肩代わりする代わりに、木下家の専属家政婦になれと言われました。そこで働いている限り、自分が立て替えた分の返済もいらないと。

私も働きづめの生活に疲れきっていたので、それならと……」

まことしやかな話で、にわかに信じがたいものの、ありえない話でもない。

「木下さんの秘密証書遺言の話や預かり証の話を春人陣営に漏らしたのはあんたか？」

訊くと、いのりはうなずいた。

「旦那様の様子が少しおかしかったので、話を盗み聞きしてしまいました」

「それを孝蔵に教えたというわけか」

「はい……」

「まあ、そこまでなら、孝蔵があんたの父親だという話も、多少は納得がいく。だが、遺言の話は義久にも漏れていた。あんたは春人派だから、義久陣営にその話を漏らすわけが――」

「義久さんに遺言のことを話したのも私です」

いのりが言う。

「なぜだ？」

「孝蔵さんから言われたんです。義久さんにも情報を流せと。春人さんの陣営だけが情報を仕入れて動き出せば、旦那様は春人さんの排除にかかる。そして、いずれ、私が情報を流したことが特定され、自分との関係もつまびらかにされる。それでは、私を旦那様のそばに送り込んだ意味がなくなる。なので、義久さんも動くように、情報を流せと」

「送り込んだ？　孝蔵は木下さんの何を狙っているんだ？」

桜田の表情が険しくなる。

「真意は私にもわかりません。とにかく、旦那様の行動や状況、接触した人物などの情報を流せと言われました。本当です」

いのりはスカートを握りしめた。その手元に滴が落ちる。

しかし、桜田はいのりの涙を冷めた目で見つめた。本当であればかわいそうな話だが、泣く女は信じないと決めている。

取り立てをしていた頃、女は逃れようとする時、平気で嘘をついて涙を流した。

最初の頃は、情にほだされ、見逃したこともある。だが、そのほとんどは虚言で、逃亡され、貸し倒れとなった。

中には、その手で何人もの金貸しを騙し、一財産を築こうとしていた太い輩もいる。

そうした連中に遭遇するほどに桜田の心は冷めていき、いつしか泣く女を信じることができなくなった。

「まあ、孝蔵の件はわかった。で、今日、俺を襲ってきた沢井ってのは何者だ？」

「知りません」

「いい加減にしろよ、こら」

声が太くなる。

「本当なんです！」

いのりは涙に濡れた顔を上げた。元々が薄幸な顔つきなだけに、泣き顔は世の中の不幸をすべて背負ったような悲壮感を漂わせていた。

桜田はため息をついた。

本当に知らないのかもしれない。だが、沢井の名前を出した時、いのりの表情はこわばった。知らないとは思えない。

ただ、嘘をついていたとしても、一度しゃべらないと決めた女の口を割らせるのは困難を極める。

「わかったよ。じゃあ、木下さんにおまえのことを話さない代わりに、二つ約束してくれ。一つは、俺の本性を木下さんやうちの事務所の人間に話さないこと。もう一つは、孝蔵から指示があった時は、すぐ俺に報告すること。この条件を呑んでくれるなら、今日のことも流してやる。どうだ？」

桜田がいのりを見る。いのりは強く首肯した。

「この携帯番号に連絡を入れろ」

桜田は自分の名刺を渡した。いのりは名刺を受け取って立ち上がり、深々と頭を下げ、足早に去っていった。

いのりを見送った桜田は、ベンチの背に両肘をかけ、空を仰いだ。

「どうしたもんかなあ」

頭の中で、聞いた話を反芻する。

「孝蔵が春人派なら、セップとも関係してるな」

ポケットから財布を出し、リプロの名刺を出す。

「ちょっと覗いてみるか」

桜田は太腿に手を置いて、ベンチから立ち上がった。

6

沢井は仲間を連れ、アイアンクラッドの社長室にいた。

傷ついた姿をさらし、執務机の前に仲間と共に立っている。

「桜田というのが、あのマウスバンクを一人で潰した桜田だったとはな」

平尾は爪を研ぎながら、つぶやいた。

「はい。俺らも驚きました」

沢井がうなだれる。

「池田さんは、知らなかったんですかね？」

別の男が言った。

「知らなかったのだろう。知っていれば、僕にも伝えただろうし。まあ、桜田のことは、そもそも一般人は知らないかもしれんしな」

爪研ぎをデスクに置く。

「どうしますか？」

沢井が訊く。

「どうもこうも、頼まれごとをできませんでしたはないだろう。何が何でも遂行しろ」

「しかし、相手が桜田となれば、人数かけて、本気でかかっていかないと難しいですよ」

「だったら、そうしろ。と言いたいところだが、目立った動きをするのはうまくないな」

話していると、電話が鳴った。

平尾はスマートフォンをポケットから出し、電話に出た。

「僕だ。ご苦労。どうした？　ああ……そこへ来たのか。ああ……ああ、わかった。服装は？　わかった。おまえは普通に家政婦をしていればいい。あとはこっちで処理する」

平尾は言い、電話を切った。

「いのりさんからですか？」

沢井が訊く。

「さっき、いのりのところに来たそうだ。さすが、桜田だな。勘がいい」

平尾が笑みをこぼす。

「こっちのことをしゃべったんですか？」

「いや、ごまかしたと言っていた。だが、いのりの戯言にごまかされるような男でもないだろう。早晩、こっちのことは知れるだろうな」

「どうします？」

「いのりが、近くにいた仲間に桜田のことを伝えた。今、そいつらが桜田を尾行しているそうだ。ヤツの行動を調べて、弱みを探す。まともにやり合う必要はない。指示があるまで、おまえらは通常業務に戻れ」

平尾はさらりと言った。

「俺らも行動調査を」

沢井が言いかけた時、平尾が沢井を見上げた。

「顔を知られているおまえらが動いてどうするんだ。知らなかったとはいえ、おまえは何もできず一方的に桜田にやられた。負け犬はおとなしくしてろ」

笑顔の奥の目が据わる。

沢井だけでなく、他の四人の顔も引きつった。

「まあ、リベンジの機会はやるから、今は動くな」

「わかりました」

沢井は頭を下げた。他の者も頭を下げ、沢井とともに社長室を出る。

平尾は閉まるドアを見据えた。

「桜田か……。厄介な相手だな」

7

桜田は名刺の裏にある地図を見ながら、新宿三丁目を歩き回った。

「このへんだな……」

看板が並ぶ雑居ビルを見回す。と、他店の看板に埋もれそうになっているリプロの小さな看板を見つけた。

桜田は苦笑して、地下に降りた。

階段を降りるとすぐ、扉があった。黒いドアに小さくカタカナでリプロと記されている。

ドアを開けた。狭い店だった。店内は薄暗く、ヒップホップが薄く流れている。

客はいなかった。

「いらっしゃい」

カウンターにいた男がドアの方を見る。

野中だった。

「あー、桜田さん！」

すぐに笑顔を見せる。

「おまえも変わったなあ」

桜田が言う。

パーカーで顔を隠していた目つきの悪い男が、爽やかなセンター分けの髪型になって、蝶ネクタイをしている。

「客商売ですからね。どうぞ」

カウンターの真ん中にコースターを置く。

「何にします？」

「ビールもらおうか」

桜田が言うと、長いグラスを出して、ビールサーバーからビールを注ぎだした。グラスを傾けて最初にビールを注ぎ、コックを切り替えてクリーミーな泡を載せる。慣れた手つきだった。泡はあふれることなく、ドーム状に盛り上がっていた。

「うまいじゃねえか」

「毎日やってますからね。どうぞ」

コースターにビールを置いた。

「おまえらの将来に」

桜田は言い、グラスを掲げ、ビールを啜《すす》った。

「ありがとうございます」

野中が頭を下げる。

野中の後ろの棚には、スコッチやバーボン、ラムやジン、リキュールなどのボトルがぎっしりと置かれていた。

「酒、揃ってんな」

「松原が昔、バーテンをやってたんですよ。で、カクテルも作れるんで、あいつが集めまして」

「そうか。松原は？」

「あいつは遅番なんで、十時前になったら来ると思います」

「村瀬は？」

「あいつはなんか、別の仕事があるってんで、来たり来なかったりです」

「別の仕事って？」

「さあ。訊いたんですけど、答えてくれないんですよ。昔みたいなつまらねえ仕事してなきゃいいんですけどね」

野中が言う。

俺が頼んだ調べものだな。桜田は思ったが、黙っておいた。

「村瀬、なんか話してなかったか？」

「何をです？」

「昔のダンパの話とか、レイブの話とか」

「いえ、特には。なんか、知りたいことあるんですか？」

野中が桜田を見つめる。

「いや、こないだちょっと会って、ここの店の話を教えてもらった時な」

名刺を出して、振って見せる。

野中が微笑む。

「俺の知り合いが、野外のダンパとかレイブに行ったことがなくて、どういうものか知りたいって聞いてきてな。けど、俺もそういうのには興味なかったんで、答えられなくてなあ。村瀬なら知ってんじゃねえかと思って訊いたんだよ」

「そうだったんですか。オレや松原も野外イベントならわかりますよ。一度、その人連れてきてください。教えてあげますんで」

「そうだな。そうしよう」

桜田がビールを飲み干す。

「次、何にします?」

「いや、俺は――」

腰を浮かせる。

「せっかくなんで、松原が来るまで飲んでってくださいよ。あいつも喜びます」

野中が言う。

桜田は微笑んで、座り直した。

「じゃあ、もう一杯ビール。それと、ナッツをくれ」

「かしこまりました」

野中がカウンターの中を動き回る。

桜田は目を細めて、野中を見つめつつ、村瀬のことを少々心配していた。

8

平尾のスマホが鳴った。電話を繋ぐ。

――社長、横川《よこかわ》です。

電話をかけてきたのは、桜田を尾行していた仲間だった。

「おつかれ。桜田は？」

――新宿三丁目の店に入っていきました。リプロという店です。

「そうか」

――それがちょっと面白い話がありまして。店に辿り着くと、垣内さんのお仲間に声をかけられまして、こないだ話していた、レインボーギャングのことを嗅ぎまわっているガキもこの店に出入りしているらしいんですよ。

「ほお、桜田とガキは通じているのか？」

――それはわかりません。入って調べて来ましょうか？

横川が言う。

「必要ない。垣内の店に行って、伝えろ。すぐそのガキをさらってこいと」

――わかりました。

横川が電話を切る。

楽しめそうだな。

平尾はスマホをデスクに置いて、にやりとした。

第4章

1

村瀬はその日も、目ぼしいスナックやバーを覗《のぞ》いては、レインボーギャングと平尾についての情報を集めていた。

しかし、思ったより情報は集まらない。

ギャングについて饒舌に語る年配者には出会うものの、レインボーギャングの話になると、誰もが途端に口が重くなる。

平尾の名前を出すと、それまで語っていた人たちが飲みを切り上げ、逃げるように村瀬の前から立ち去ることもしばしばだった。

一方、村瀬がレインボーギャングのことを聞いて回るにつれ、周りに怪しい連中がちらほらと姿を見せるようになった。

直接声をかけられたり、襲われたりしているわけではない。

が、あきらかに、村瀬を尾行していると思われる者が何人かいた。

その中に、10Qで見かけた顔もある。

攻めるなら、初めに怪しいと思った10Qだろうと感じている。

だが、同時にあの店はヤバいと、勘が囁く。

頼まれごとを中途半端に終わらせたくはない。一方で、野中や松原と新たな道へ踏み出したところだ。更生への道は閉ざしたくない。

明日、桜田さんに相談してみるか。

村瀬はリプロに顔を出そうと、新宿三丁目に足を向けた。

大通りを進めばよかったが、慣れた道だからか、花園神社へ入っていった。

急に暗がりが濃くなり、人の気配がなくなる。

背後から鋭い視線を感じた。

村瀬は気配に注意を向け、足早に境内を抜けようとした。

と、前から二人の中年男性が迫ってきた。

小太りの男と痩せた背の高い男だ。二人とも村瀬を睨《にら》み、まっすぐ向かってきている。

「やべえな……」

歩き慣れた場所が、結果、敵を誘い込むことになってしまった。

立ち止まって、肩越しに後ろを見る。

背後からも二人の男が近づいてきている。一人は10Qにいたライダースを着ていた男だ。

前後の四人は刺すような殺気を放っていた。弱くはない。

黒目を動かし、逃走経路を探す。いきなり走って、大通りを疾走すれば、逃げ切れる。

しかし――。

村瀬は軽く拳を握った。

一人でも倒せれば、何かつかめるかもしれない。ギャンブルではあるが、チャンスでもある。

村瀬は体を開いた。男たちの位置が左右になる。

男たちが足を止めた。ライダースを着た男が少し村瀬に歩み寄った。村瀬を睨む。村瀬も睨み返した。

「よお、小僧。レインボーギャングについて、何かわかったか？」

口元に笑みを滲《にじ》ませる。

「わかんねえよ」

村瀬が返す。

「一緒に来れば、教えてやるぜ」

「そりゃ、ありがてえが、そのまま拉致られるのは嫌だね」

「別に、拉致りゃしねえよ。おまえがおとなしくついてくるならな」

ライダースを着た男が言うと、他の男たちがじりっと間合いを詰めてきた。

「俺たちもおっさんだからよ。やり合うのは面倒なんだ。素直についてきてくれねえかな」

「嫌だと言ったら?」

村瀬がライダースを着た男を睨む。

瞬間、長身と小太りの男が動いた。一気に距離を詰めてくる。

村瀬は長身の男に殴りかかった。

長身の男は深く屈《かが》み、パンチをかいくぐって、村瀬の背後を取った。

小太りの男が姿勢を低くして、正面から突っ込んでくる。

村瀬は拳を握り締めた。

と、長身の男が村瀬の背中を蹴った。

村瀬は弾かれ、前によろよろと出た。そこに小太りの男が肩から村瀬の腹に突っ込んできた。想像以上に速い。衝撃が背中を貫き、腰がくの字に折れる。

小太りの男は村瀬の膝裏に腕を巻いた。引っ張り、膝を折る。村瀬の体が背中から地面に叩きつけられた。

村瀬は息が詰まった。顔を起こそうとする。長身の男が村瀬の顔を踏みつけた。

村瀬の口と鼻から血がしぶいた。襟元が赤く染まる。

小太りの男が村瀬の体を起こして、腕を足で挟み、腹に乗った。ずしりと重く、少々体を揺らした程度では動かない。

小太りの男は村瀬に平手打ちをした。厚い手での平手打ちは、脳の奥にじんじんと響いた。

「おまえ、オレの体形見て、ナメてただろ。こう見えても、学生の頃はラグビーの地方選抜に選ばれたんだよ。おまえごとき、タックルで一発だ」

村瀬を睨んで、もう一発平手を浴びせる。地面に血が飛び、土に染み込んだ。

「おい、放してやれ」

ライダースを着た男が言う。

小太りの男が村瀬の上から退いた。圧迫から解放され、村瀬は仰向けになったまま、大きく呼吸をした。

ライダースを着た男が近づいてきて、村瀬を見下ろした。

「俺は和久《わく》ってんだ。おまえは？」

訊くが、村瀬は答えない。

「おまえに俺たちのことを探らせてんのは、桜田じゃねえか？」

和久が唐突に訊ねる。

桜田の名を聞き、村瀬の目が思わず大きくなった。

「やっぱ、そうか。立て」

和久は爪先で軽く村瀬を蹴った。

「俺が相手してやる。俺に勝てたら、この場から解放してやる。伸《の》されたら、そのままおまえを拉致する。どうだ？」

そう言い、少し村瀬から離れた。

村瀬は上体を起こした。軽く頭を振る。少し意識が鈍く、体も重い。顔にもじんじんと痺《しび》れるような痛みがこもっているが、視界はまだはっきりしている。

指を動かしてみる。力は入る。

どのみち、連れて行かれるなら——。

村瀬はやおら立ち上がった。足を踏ん張る。膝が少しぎくしゃくするが、動ける。

少しその場で跳ねて、感覚を取り戻す。肩を揺すって首を回し、息を吐いて、一度全身の力を抜いた。

そして、静かに和久を見据えた。

「おー、いいツラしてんじゃねえか。いつでも来い」

和久は仁王立ちしている。ただ突っ立っているように見えるが、隙がない。対峙しただけで、圧倒的な力の差を感じる。

だが、この期に及んで、退《ひ》くわけにはいかない。

村瀬は拳を軽く握った。そして、地を蹴り、和久に迫った。

和久は動かない。

右ストレートを放った。いいスピードと間合いだ。

届く！

拳を固めた瞬間、標的にした和久の顔が視界から消えた。

すぐさま、左脇腹に衝撃を覚えた。

村瀬は身を捩《よじ》った。

和久は右斜め下にダッキングすると同時に、ボディーフックを叩き込んでいた。

動きがまったく見えなかった。気配すら感じなかった。それほど速かった。

和久が左の視野に映った。村瀬は右手で左脇腹を押さえながら、左ストレートを放った。

和久は額を突き出した。村瀬の拳を受け止める。村瀬の手の基節骨が軋んだ。

「弱い弱い。もっと、本気を出してくれよ」

和久はお辞儀するように上体を前に倒した。

その勢いで、村瀬の拳が弾かれ、体まで押され、後退する。凄まじい体幹の強さだ。

村瀬は拳を構え、体勢を整えた。和久を見据える。

攻め手が見つからない。正攻法では勝てない。

村瀬は前のめりに突っ込んだ。大振りのフックを放つ。

和久がバックステップを踏み、後ろに飛び退いた。村瀬はバランスを崩し、地面に倒れた。両手をついて、前回りする。その時、手に地面の砂をつかんだ。

一回転し、起き上がる。和久が正面にいる。

和久に向かって、握った砂を投げた。目くらましだ。ずるい喧嘩術ではあるが、卑怯だなんだと言ってはいられない。

和久が腕を上げて、顔を背ける。その隙に村瀬は姿勢を低くして突っ込み、オーバースローのような右フックを浴びせた。

和久の体の右側に自分の顔がある。いい位置に拳が飛んでいるのを確信する。

村瀬は腰を入れ、拳に力を込めた。ゴッと拳が骨肉の感触を捉えた。

当たっている。そう思い、パンチを打ち抜こうとした時、腕が止まった。

和久の足下が目に映る。和久は左脚を引いて、ブロッキングの姿勢で踏ん張っていた。

顔を上げる。

和久は顔の前に立てた両前腕のガードで、村瀬の拳を受け止めていた。隙間から、村瀬を睨む。

「悪くない攻撃だったが、俺には効かねえ」

和久は左手で村瀬の右手首を握った。

村瀬は腕を引こうとした。しかし、木の股に挟まったかのようにびくともしない。

「汚ねえ喧嘩は嫌いじゃねえぞ。喧嘩は勝たなきゃ意味がねえ。おまえ、センスあるよ。ただ、相手が悪かった」

和久は村瀬の右手首をさらに強く握り締めた。凄まじい握力だ。ねじ切れそうな痛みに、村瀬の相貌が歪んだ。

「パンチってのは、こうやって打つんだ」

言うなり、和久の右拳が飛んできた。

村瀬はとっさに左腕を立てた。が、防げない。

左頬から顎先に抜け、打ち抜かれた。首がかくっと折れる。瞬間、意識が飛び、全身から力が抜けた。

村瀬は両膝から地面に落ちた。

和久が手を離す。村瀬の上体が前のめりに倒れ、和久の足に顔を擦りつけ、ずるずると崩れ落ちた。

「弱いですねえ、最近の若いのは」

長身の男が村瀬を見下ろし、笑った。

「いやいや、なかなか根性はあったぞ」

和久が言う。

「根性だけじゃ、和久さんには敵わんですけどね」

小太りの男が笑い声を立てる。

「どうします?」

和久の横にいた男が訊いた。

「平尾さんがさらってこいと言ってた。アイアンクラッドの事務所に連れて行く。車を回してこい」

「わかりました」

男が一足先に神社を出る。

「おまえら、大通り近くまで運べ」

和久が残った二人に命ずる。

「通りはまずくねえですか？」

小太りの男が言った。

「酔っぱらいを介抱するふりしときゃ大丈夫だ。この街は良くも悪くも他人に関心がねえ」

「それもそうですね」

長身の男は笑うと、小太りの男に目で合図をし、左右の脇を二人で抱えて立たせた。

そのまま靖国通りの方へ引きずっていく。

それを見ながら、和久はスマホを出した。

「……もしもし、和久です。ガキを捕まえたんで、これからそっちに連れて行きます」

2

桜田は午後十一時過ぎにリプロを出た。後から出勤してきた松原にカクテルを飲まされ、少しほろ酔いだが、気分はよかった。

野中も松原も、初めて会った時のチンピラ風情は抜け、確かな足取りで次へ向かおうとしている。

淀んで、生気のなかった瞳が、未来を見つめ輝いている。

人助けはガラではないが、少しだけ、自分を助けてくれた尾見の気持ちがわかったような気もしていた。

桜田は大通りから路地に入った。ひと気のない場所を歩く。

店に入るあたりから、ねっとりとまとわりつくような気色悪い視線を感じていた。

リプロを出てからもその視線は変わらず自分に向けられている。

念のため、路地を抜けるように歩いてみると、視線は間違いなく、自分を追っていた。

めんどくせえな……。

木下から遺言書の預かり証を託されて以来、かつての感覚を呼び起こされる出来事が続いたせいか、周りの気配に敏感になっている。

ついこの間までの、司法書士を目指して、所員に呆れられつつもあくせく働いていただけの頃が懐かしい。

さっさと木下一族のトラブルを片づけて、あの平和な日々に戻りたい。

桜田は路地の真ん中あたりにあるビルの隙間にスッと入った。

身を隠し、気配が追って来るのを待つ。

ほどなくして、細身の男が現われた。桜田が隠れたビルの隙間に顔を向ける。

そこに桜田を認めた瞬間、男はぎょっとして目を見開いた。

あきらかに、桜田を標的にしていた反応だ。

男が身構えようとする。

桜田は右手の親指と人差し指を広げ、男の喉に叩き込んだ。

男は喉を押さえて後退した。

桜田はビル陰から出て、男の髪の毛をつかんだ。反対側の壁に後頭部を叩きつけ、腹に右膝を入れて、そのまま押さえ込む。

「てめえら、誰だ?」

男を睨む。

見たところ、三十半ばくらいか。弱くはなさそうだが、桜田の急襲に黒目は泳ぎ、怯《ひる》んでいた。

「何者だと訊いてんだ」

桜田は、右脚の爪先で股間を蹴った。男の息が詰まる。

すると、路地の左右から男が一人ずつ現われた。

「桜田さん、そこまでにしておいてもらえませんか」

右側から入ってきた男が野太い声で言う。背が高く、スラックスにジャケットというシャレた姿の中年男だ。細身に映るが、ワイシャツを押し上げる胸元は厚みがある。

「私、横川と申します。うちの社長が、ぜひ桜田さんにお会いしたいと言っているんですが、お付き合い願えませんか」

「どこの横川かも知らねえし、その社長ってのに会う義理もねえ。てめえらの素性をしゃべって、俺の前から消えろ」

押さえつけた男の顔面に頭突きを入れた。手を離す。

男は顔を押さえて、壁伝いにずるずると崩れ、しゃがみ込んだ。

横川が近づいてきた。ポケットに手を入れ、スマートフォンを取り出す。

「これでもお付き合い願えませんかね」

画面を見せた。動画だった。

血だらけの男がフロアに倒れている。周りには複数の人間の足がある。

血だらけの男の顔がズームされる。桜田の目尻がびくっと揺れた。

「こいつ、桜田さんのお知り合いでしょう?」

横川が訊く。

桜田は答えず、横川を睨んだ。

「このガキ、レインボーギャングのことを調べてましてね。なんか、あまりに突っ込んだことを探ってくるんで、ちょっとうちに来てもらって、話を聞いてるんですよ」

「だから、どうした? 俺には関係ねえ」

桜田が言う。

横川はふっと笑った。

「そうですか。では、これをごらんください」

横川は画面を切り替えた。ライブ映像だった。何者かがスマホのカメラで映している。何者かは、カメラを回したまま、地下への階段を降りていく。

そして、カメラは黒い扉を映し出した。その扉に〝リプロ〟という店名がある。

「この店、さっき話したガキがダチと一緒にやってる店らしいんですよ。ここにいるガキどもも、さっきのガキの仲間かもしれないんでね。うちの連中に調べさせようと思ってるんですが」

横川はモニターを見せながら、言葉で迫ってくる。

モニターの向こうの手が、ドアハンドルに伸びる。

「わかった。やめさせろ」

桜田が言った。

横川は音声を繋いだ。

「表に戻って待機してろ」

――わかりました。

スピーカーから返事が来て、カメラの映像がドアから離れ、階段を上がっていく。

横川は通信を切り、スマホを上着の内ポケットにしまった。

「では、付き合っていただきましょうか」

「長くなりそうか？」

「それは、桜田さん次第です」

横川が言う。

「ちょっと電話していいか?」

「どちらにです?」

「うちの所長だ。明日は帰れねえかもしれないだろ。断わっておかないと、面倒なことになる」

「無断欠勤はまずいというわけですか?」

「てめえらの目的は、木下さんの秘密証書遺言だろ?」

桜田が横川を見据える。横川の表情が少し真顔になった。

図星だ。桜田が畳みかける。

「俺が無断欠勤すれば、所長はまず、俺が預かり証を持っていることを気にかける。俺がいなくなったことはすぐ木下さんに伝わるだろう。そうなれば、俺とは別の者が預かり証を持つことになる。つまり、今俺が持っている預かり証は無効になる。てめえらが、俺が持っている預かり証を手に入れたところで、貸金庫に収めた遺言を拝めることはない。むしろ、木下さんは警戒し、さらなる手を打つだろうな。てめえらに頼んできたのが義久か春人かは知らねえが、やつらが木下さんの遺産を相続する目もなくなるだろうよ。それでいいなら、このまま ついてくよ。だがな、何十億ってしのぎを、てめえらの、いや横川、てめえの判断一つで失うんだ。どうする?」

桜田は横川を睨んだまま語った。

横川の黒目が揺れる。

「それとな。俺がこのままそのガキを切って、てめえらぶちのめして、警察へ突き出すってこともできる。俺は司法書士事務所の人間だからな。てめえらより当局には信用がある。そうなりゃ、社長とやらも痛くもねえ腹を探られるだろうな。まあ、俺はどっちでもかまわねえよ。喧嘩売ってきたヤツを徹底的に潰すのが、本来の俺のやり方だからよ。電話一本認めるか、俺と潰し合いをするか。ここで決めろ、横川」

目に力を込める。

横川は気圧《けお》され、少し仰け反った。

「社長とやらに、仰いでもいいんだぞ。まあ、どっちにしても、てめえの失策になるわな。会社、いや、組織の中で、てめえの立場はなくなるぞ。俺は、裏の連中のやり口はよく知ってるからな」

静かにたたみかける。

攻めどころで徹底して攻める。勝ち目のない喧嘩にも勝機を作る。桜田たちが生きていた世界での常識だ。

「どうすんだ、横川」

少し語気を強める。

「……わかりました。どうぞ」

「それでいい」

桜田は横川の脇を抜け、狭い路地を出る。

「そのまま逃げるのはなしですよ」

「逃げねえよ。それより、もう一人に言って、そこで血を垂らして座り込んでるヤツを片づけとけ」

自分が倒した男を一瞥《いちべつ》し、路地を出て、スマホを出した。横川から見える場所に立ち、電話をかける。

「もしもし、所長。夜分にすみません。桜田です」

横川に聞こえるよう、大きめの声で話す。

「すみません、ちょっと甥っ子の用事で、実家に戻らなくちゃならなくなりまして。いえ、たいしたことじゃありません。一日あれば戻れると思うんですが、明日は念のため、休ませていただきます。はい……はい」

横川はしばらく桜田を見ていたが、やがて、倒れた仲間の処理を指示するようになった。

「はい、ああ、小島《こじま》さんの件ですか。それは夕方、打ち合わせてきましたが。はい、連絡先ですか？　03の5374──」

仕事の連絡を入れる場面で、少し声のトーンを落としたが、横川は受け流していた。

「所長が一度見に行ってくれるんですか。それは助かります。桜田の件と言っていただければ、先方さんもわかってくれますので。問題があれば、所長の方で処理しておいてください。はい、できればすぐ。何かあれば、連絡ください。あ、そうですか。では、繋いでおきます。はい……では、そういうことでよろしくお願いします」

桜田は用件を伝え、電話をポケットにしまった。

横川が路地から出てきた。

「桜田さんらしくないですね」

「表じゃ、表の顔が必要だ。てめえらもそうだろうが。俺が伸したヤツは？」

路地を覗く。倒した男ともう一人の男は、路地から姿を消していた。

「連れて行かせました。俺と桜田さんだけですが、どうしますか？」

「逃げねえって言っただろ。早いとこ、社長に会わせろ」

「さすが、肝が据わっていますね。事務所は西新宿です。歩いていきましょう」

横川が歩きだす。

桜田は横川の背中を睨み、ついていった。

3

村瀬は襟首をつかまれて引きずられ、別の部屋に移動させられていた。

きれいなフロアが血の筋で汚れるが、和久や他の男たちは一向に気にしない。

村瀬は手足を縛られているわけではなかった。動けるはず。自分ではそう思うが、指先一つ言うことを聞かない。

和久たちの拷問は、生かさず殺さずの絶妙なものだった。蹴ったり、顎先を叩いたりして頭を揺らし、村瀬の自由を奪った後、痛点に響くところを責め、村瀬が動きそうになるとまた脳を揺らし、自由を奪う。その繰り返しだ。

村瀬の動きを制して、意識は残したまま、痛みを与える。

村瀬は以前にも様々なファイトの中でやられたことがある。しかし、これほど執拗な拷問を受けたことはなかった。

引きずられていても、どこに痛みがあり、どこの感覚が失われているのか、わからなくなっていた。

通路を進み、奥の部屋のドア前で和久が立ち止まった。

「社長、失礼します」

和久が言い、ドアを開ける。

広々とした部屋に連れ込まれた。村瀬は少しだけ顔を起こした。

執務机があり、その手前に応接セットがある。空間を贅沢に使っていて、開放感のある部屋だった。

一面ガラス張りの窓の向こうには、新宿の夜景が広がっていた。

「座らせろ」

落ち着いた声が聞こえた。

二人の男は応接セットまで村瀬を引きずった。そして、ソファーに村瀬を座らせた。村瀬の尻が沈む。背中を預けると、背もたれにめり込んでいくようだった。

テーブルを挟んだ向かいには、スーツ姿の端正な男が脚を組んで座っていた。

「名前は？」

男が訊く。

「吐かないんですよ」

和久が答えた。

「ほお、おまえの拷問で口を割らないとは、なかなかの根性者じゃないか」

男は脚を解《ほど》いて、少し上体を倒した。

「まずは、自己紹介をしようか。私は平尾皇成。君が探していた、レインボーギャングの伝説のリーダーだ」

男はにやりとした。

村瀬は腫れた目を見開いて、男を見つめた。涼しげな顔をした青年経営者にしか見えない。

が、返してくる視線は何かを見透かしたような怖さを感じさせる。

「私は名乗った。君の番だ」

笑顔のまま、問いかけてくる。

そこはかとない圧が村瀬に迫ってくる。思わず口を開きそうになる。が、開きかけた唇を必死に固く結んだ。

するとﾞ平尾はうなずいて、上体を起こした。深くもたれ、また脚を組む。

「いやいや、たいしたもんだな、おまえ」

急に口の利き方が乱暴になった。笑みは変わらないが、目つきが変わった。

相手を射貫くような鋭い目だ。平尾が覗かせた本性に触れ、村瀬の全身に鳥肌が立った。

「俺がこいつらを引っ張っていた時でも、そこまで根性見せるヤツはまれだった。当時出会ってりゃ、うちにスカウトしたか――」

笑みを引っ込める。

「殺したかだ」

村瀬の体が硬直した。

殺すという言葉が現実味を伴って肌に突き刺さる感覚は初めてだ。

桜田も恐ろしいが、まだ感情が伝わってくる。平尾の表情には、人間らしさを一切感じない。

「まあいい。もうすぐここへ桜田が来る」

平尾が言う。

「ヤツを落とさなきゃならない。おまえにはその餌になってもらう。餌の名前など、訊いても仕方がない」

「何をする気だ……」

「おっ、おまえ、口が利けるのか？」

平尾が冷ややかに笑う。

「何をするつもりだ！」

口に溜まった血をまき散らして怒鳴り、立ち上がろうとした。が、膝に力が入らず、浮いた尻が落ちる。

「あーあ、テーブル汚しやがって。高えんだぞ、このテーブル」

平尾は脚を解き、右脚をテーブルに落とした。テーブルが音を立てて揺れる。

「何をするかは、桜田が来てから決める。まあ、おまえは無事では済まんがな」

「俺のことじゃねえ！　桜田さんに何する気だと訊いてんだ！」

村瀬は右脚を持ち上げた。動く。足裏でテーブルを蹴った。

背後にいた和久が村瀬の髪を握った。

「何するんだ、クソガキ！」

拳を振り上げる。

「やめろ！」

平尾が止めた。

和久は村瀬の髪から手を離し、少し後ろに下がった。

「桜田が素直に俺たちの要求を呑めば、おまえと桜田は半殺しで解放してやる。断われば、その場で俺が殺してやる」

平尾が片笑みを浮かべる。

「そんなことはさせねえぞ」

村瀬はテーブルに手を突いた。平尾を睨みつけ、立ち上がろうとする。膝が震え、腰が落ちそうになるが、踏ん張る。上体を前に倒し、平尾に迫ろうとする。

平尾は涼しい顔で村瀬を見つめ、笑っていた。

と、ドアがノックされた。

「横川です。桜田さんをお連れしました」

「入れ」

平尾が言う。

「来ちゃダメだ！　桜田さん！」

村瀬が渾身の力を振り絞り、テーブルを飛び越えた。平尾につかみかかろうと両手を伸ばす。

平尾はテーブルに置いていた右脚を引き、膝を曲げた。そして、靴底を突き出した。

村瀬の顔面に蹴りが入った。村瀬の顔が九十度右に傾いた。両手は届かず、そのままテーブルの上にうつぶせに落ちる。

平尾は右脚を振り上げた。踵《かかと》を背中に落とす。村瀬は息が詰まった。

平尾は村瀬の背中を右脚で押さえつけたまま、ドアの方を見た。

ドアが開き、横川が顔を出す。その後ろから、桜田が姿を見せた。

村瀬は首を曲げ、ドアの方を見て声を絞り出した。

「桜田さん……」

桜田は村瀬を見て苦笑し、平尾に目を向けた。

「おーおー、やられてんなあ」

桜田が言う。

「そちらが社長さんかい。その脚、どけてやってくれねえかな」

平尾が見返した。

「それはあんた次第だ、桜田さん」

桜田は大きく息をつき、頭を掻いた。

「仕方ねえな」

つぶやき、中へ入っていく。

和久が立ちはだかる。

「勝手に動くな」

「社長さんの前に座りてえだけだ。ドアのところに立ってちゃ、話もできねえだろ」

桜田が一歩踏み出す。

和久は右手を突き出し、桜田の胸を押した。

瞬間、桜田の左腕が動いた。水平に振る。裏拳が和久の頬に炸裂した。

和久が真横に吹っ飛んだ。足がもつれ、そのまま横倒しになる。側頭部をフロアに打ちつけた和久は、立ち上がろうとするも、生まれたての子鹿のようによろよろとふらつき、また倒れた。

室内が一気に色めき立つ。

「道理の通らねえ下っ端は困るねえ、社長さんよ」

桜田はソファーの背もたれを飛び越え、そのままストンと座った。

後ろから横川や平尾の部下たちが駆け寄ろうとする。平尾は右手を上げ、止めた。

「いやあ、すごい。噂には聞いていたが、噂以上の人だ」

平尾が手を叩く。

「おまえこそ、何者だ？　俺のワンパンを目の前で見て、眉一つ動かさなかったヤツは初めてだ。西新宿の住信《すみしん》ビルの五十階にオフィスかまえるなんざ、相当儲けてるやり手だしよ」

桜田が睨む。

「失礼。申し遅れました。私は警備会社アイアンクラッドの代表取締役社長、平尾皇成と申します」

「平尾皇成？　聞いたことあるな」

桜田がつぶやくと、村瀬が声を絞り出した。

「レインボーギャングの……」

言いかけた時、平尾が右脚を上げ、落とした。村瀬の息が詰まる。

桜田は村瀬を一瞥し、平尾に目を向けた。

「ああ、思い出した。伝説のギャングの真の親玉とか言われているが、こそこそと隠れてしか動かなかった卑怯者か」

そう言い、右の口角を上げた。

桜田の言葉に、周囲が少しざわついた。平尾だけが涼しい顔をしている。

「そうした噂が世に流れていることも知っています。それが単なる噂だということはおわかりいただけたと思いますが。まあ、過去のことはどうでもいいんです。ビジネスの話をしましょう」

平尾が切り出した。

「桜田さん。あなたが持っている木下氏の秘密証書遺言の預かり証を我々に渡していただきたい」

「嫌だと言ったら？」

「ここがあなたとこのガキの墓場になる」

平尾は目の奥に殺気を滲ませた。

「簡単にあの世には行かねえぞ。おまえの首は獲ってやるがな」

怯まず、睨み返す。

「そうですか。ではまず、このガキのお仲間を殺りますか」

右脚の踵で村瀬の背中を突く。

「やめろ！　店には手を出すな！」

村瀬が叫んだ。が、平尾はまったく意に介さない。

「桜田さん！　こいつ、ぶち殺してください！　頼みます！」

村瀬は暴れるが、身を起こせない。

「信頼されてますねえ、若者に。うらやましい」

平尾が右脚を大きく振り上げた。踵を背骨に向け、振り下ろそうとする。

桜田は右脚を伸ばした。平尾のふくらはぎを脛《すね》で受け止める。

「やってみろ。ただじゃすまねえぞ」

「そうですか。じゃあ、横川」

平尾が目を遣る。

横川はうなずき、スマホを取り出した。連絡を入れる。

「俺だ。店に突っ込め」

そう言うと、自分のスマホを持ってきて、テーブルの上に置いた。ライブ映像が流れている。

「あなたが我々の要求を呑んでくれれば、襲撃は中止します。それまで、破壊される様子を楽しんでください」

平尾が脚を退ける。

桜田は平尾を睨んだまま、村瀬の背中をつかみ、自分の方に引っ張った。村瀬が桜田の横に座る。背中をぐったりと背もたれに預けた。

「桜田さん、なんとかしてください……」

村瀬は顔を傾けた。

「心配すんな。あいつらはやられねえよ」

桜田は言い、平尾を睨んだ。

4

入岡《いりおか》は、10Qの垣内に指示され、仲間を連れてリプロの周りを張っていた。

通りを行き交う飲み客に交じり、リプロへ降りる階段の周辺を固めている。命令が下れば、いつでも店内に踏み込める。

入岡自身は、ラフなスーツ姿で仕事帰りのサラリーマンを装っている。

他の場所には、ジーンズ姿の者やこじゃれた革のジャケットに身を包んだ者、ネルシャツをチノパンに突っ込んだ少し地味な小太り男もいる。

しかし、どの仲間も、リプロへ続く階段を見つめる視線は鋭い。

まだ、あまり流行っていないのか、客の出入りは少ない。若い男女が主だが、たまに中年男性も入っていく。

一見客だろうか、看板を見て、ふらふらと入っていく個人客が多かった。

入岡は立ち飲みスタンドに移動し、ビールを頼んだ。少し口に含む。と、仲間の西森《にしもり》が寄ってきた。

「おいおい、酒飲んで大丈夫か？」

「いつ突入かわかんねえのに、一杯やんねえと時間が潰せねえだろ」

「それもそうだな」

西森はにやりとし、自分もビールを頼んだ。

「しかし、本当にあの桜田が出入りしてる店なのか？　入っていくのは、おとなしそうなガキとおっさんばっかじゃねえか」

「桜田はマウスバンクを潰した後、一線から身を退いたって話だからな。昔の仲間とはつるんでないんじゃねえか？」

話していると、入岡のスマホが鳴った。

「もしもし、はい。カメラですか？　わかりました」

短く話して、電話を切る。

「どうした？」

「横川さんからだ。このままカメラ回しながら、踏み込めってよ」

入岡がスマホを指さす。

た。

「了解。さっさと済ませちまおう」

西森は出てきたビールを半分ほど呷《あお》って、金をテーブルに置くと、通りの真ん中に出た。

仲間に顔を向け、右手を振って集めた。十人近い男たちが小走りに駆け寄ってきた。

入岡と西森を囲む。

「行くぞ」

入岡を先頭に、男たちが次々と階段を降りていく。その様子を通行人が見る。

しんがりにいた西森は立ち止まり、通行人をひと睨みした。通行人は巻き込まれるのは面倒とばかりに視線を逸らし、足早に立ち去っていく。

西森が階段を降りようとした時、くたびれたスーツを着た中年男性が階段へ近づいてきた。西森の脇を過ぎ、下へ行こうとする。

西森は男の肩をつかんだ。

「どこへ行くんだ?」

「下の店に行こうと思って」

「下は貸切だ。よそに行きな」

「他人に言われる筋合いはないよ」

中年男性が西森を睨む。

西森はポケットからナイフを出した。中年男性の肩を引き寄せ、胸元に切っ先を突き付ける。

「わがままは言わねえほうが身のためだ」

　小声で言う。

「ナイフなんて出すんですか！」

　中年男性が驚いた顔をして、手を後ろに回す。妙な仕草だが、突然の危機に動揺しているのだろうと西森は思った。

「新宿は危険がいっぱいだぜ、兄さん」

「ほんとに怖い街だ……」

　中年男性が右手を戻す。西森の脇腹に何か硬いものが当たった。

　黒目を下げて、腹の方を見る。途端に、西森の目尻が引きつった。

「少しでも動いたら、腹から心臓を鉛玉が抉《えぐ》るぞ」

　中年男性は言い、左手で西森の手からナイフをもぎ取った。ナイフをポケットに入れ、銃口を押し付ける。

「一緒に来てもらおうか」

　西森のベルトをつかむ。足が浮き上がるような握り方は、あきらかに素人《しろうと》のそれではなかった。

「声上げたり、逃げようとしたりすれば、頭吹っ飛ばす」

　ドスの利いた声で脅《おど》す。

西森は従うしかなかった。

入岡は階段下まで行った。向かって左右にドアがある。

「入岡さん、どっちですか？」

真後ろの男が訊く。

「右の黒い扉だ」

入岡は話しながらドアを引き開け、中へ入った。後から、仲間の男たちもぞろぞろと入ってくる。

「いらっしゃい！」

カウンターの中にいた男が言った。

が、入岡は挨拶もせず、椅子を蹴り飛ばした。後から入ってきた仲間も、テーブルを叩いたり、壁を蹴ったりして威嚇する。

「何するんですか！」

カウンターの中から、男が手を伸ばした。入岡の上着のポケットに差していたスマホに指が引っかかり、こぼれてフロアに落ちる。

「てめえこそ、何しやがるんだ！」

入岡はカウンターに並べたボトルを左腕で薙ぎ払った。倒れたボトルが割れ、けたたましい音を立てる。

落ちたスマホを拾う。衝撃でディスプレイにひびが入り、通信が切れていた。

「あーあ、いかれちまったかな。まあ、ぶっ潰しゃあいいか」

入岡が体を起こした。

が、空気が一変していることに気づき、動きを止めた。

「どうした？」

近くの仲間に訊く。仲間がドアの方を見やる。入岡は視線を追った。

ドアが閉じていた。ドア口に見知らぬスーツ姿の男が立っている。その手には銃が握られていて、入岡たちの方に向けられていた。

そこで、初めて気づいた。

入っていたはずの客が一人もいない。カウンターにもグラス一つない。

カウンターに目を向ける。男が三人に増えていた。その三人も銃を握り、銃口を入岡たちに向けていた。

「いきなり飛び込んできて暴れるとは、乱暴な客だな。お仕置きしなきゃいけねえな」

黒いベストを着た男は言うなり、壁に向けて発砲した。炸裂音が狭い店内に轟く。

入岡とその仲間はびくっとして頭を抱え、腰を落とした。

「そのまま頭に手を置いて座れ。少しでも動いたら、マメぶち込むぞ」

黒いベストの男が言う。

マメというのは、ヤクザが使う弾丸の隠語だ。

こいつら、本物か……。

入岡はスマホのディスプレイを親指で撫でようとした。

と、再び、発砲音が轟いた。入岡の足下に弾丸が食い込む。入岡の体が硬直した。

「こいつらのスマホ、集めてこい」

黒いベストの男が命令する。カウンターから出てきたジーンズ姿の男は銃口を向けながら、座った男たちを蹴り、スマホを出させた。

それを見ながら、黒いベストの男は自分のスマホを出して、電話をかけた。

「……もしもし、持永さん。滝井《たきい》です。店に妙な連中が踏み込んできたんで、押さえてます。ぶち殺しますか？　はい……はい、わかりました。中にいた客と従業員は隣の店に逃がしてあるので、大丈夫です。はい、そうします」

電話を切り、入岡を見下ろす。

「まだ、生かしておけだとよ。助かったなあ、チンピラども。けど、動きゃあ、容赦なくぶち殺すからな」

黒いベストの男は念を押した。

入岡たちはしゃがんでじっとしているしかなかった。

5

テーブルに置いたスマホの映像が切れた。

村瀬は思わず身を乗り出した。

「てめえら……」

平尾を睨む。

平尾たちの仲間が店に入っていき、カウンターの中の男が撮影している男のスマホに手を伸ばすところまでは見ていた。顔はよく確認できなかった。が、カウンター内にいるのは野中か松原のはずだ。

二人が心配だった。客が入っていれば、その人たちのことも心配だ。

「抵抗しなきゃいいものを。今頃、店は破壊されているだろうな」

平尾が笑みを見せる。

村瀬は手を伸ばして腰を浮かせた。

桜田は村瀬の襟首をつかみ、座らせた。

「落ち着け。まだ、店や店の者がやられたってわけじゃねえ」

「余裕ですね、桜田さん」

「まあな。ちょっと確かめさせてもらってもいいか？」

「何をです？」

平尾が片眉を上げた。

「俺のスマホをだ」

「サツに助けでも求めますか？」

「そんなくだらねえ真似はしねえよ。いいな？」

「どうぞ」

平尾は桜田の手の動きを追った。

桜田はポケットからスマホを取り出した。画面を見る。電話はつながったままだった。耳に当てる。

「もしもし、桜田だ。聞こえてたか？　うん、そうか。スピーカーにしていいか？」

桜田は訊いて、スマホをテーブルに置いた。スピーカーに切り替える。

「持永さん。こいつらに話してやってくれ」

桜田は言い、脚を組んだ。

「持永？　誰だ？」

平尾のつぶやきが、電話の向こうに伝わる。

――レインボーギャングの平尾皇成か。名前は知ってる。

野太い声が響く。

――俺は、二ツ橋経営研究所のシニアマネージャーの持永だ。元の肩書は相竜会会長だ。

持永の言葉を聞き、平尾の顔から笑みが消えた。

「いつの間に、連絡を付けていたんだ……」

「ああ、おまえんとこの横川が、所長に連絡してもいいって言うから、電話させてもらったんだよ」

桜田は肩越しに横川を見やる。

「いや、俺は司法書士事務所に休みの連絡を入れると言うんで――」

横川はあたふたと言い訳しようとした。が、平尾に睨まれ、言葉を飲み込んだ。

――おい、平尾。新宿三丁目の店に押し入ってきたおまえらの仲間は、うちの人間が押さえている。いつでも全員殺せる。あと、おまえの仲間の根城、10Qって店にもうちの人間を行かせた。いつでも、住信ビルの周りにもうちの者を行かせている。桜田さんの命令でいつでも踏み込める。

持永が話す。

「というわけだが、どうする?」

桜田はにやりとした。平尾が奥歯を嚙む。

――平尾、うちと喧嘩するなら、いつでも受けてやるぞ。だが、その時は覚悟しろ。うちの本隊は赤星組だ。おまえら、一人残らず、根こそぎ狩るからよ。

淡々と話すが、スピーカー越しにも本物の凄みが漂ってくる。

平尾は桜田を睨んでいる。部屋にいる他の男たちはあきらかに動揺していた。

「ヤクザを使うとはね」

平尾が挑発するように言う。

「使ったんじゃねえ。ちょっとした義理を果たしてもらっただけだ。それに、若者をさらって、言うことを聞かせようなんて汚ねえ真似をするチンピラに言われる筋合いはねえよ」

桜田は鼻で笑った。平尾の目尻が吊り上がる。

「おまえが誰から頼まれたのか、ぶん殴って聞き出してやろうと思ってたが、もういい。誰だかわかった」

桜田が言う。

「ハッタリかますな」

平尾が返す。

「池田孝蔵だろ？」

桜田が名前を出すと、平尾の顔が強《こわ》ばった。

「木下さんの家で住み込み家政婦をしている山口いのりが、池田孝蔵とは父娘関係だと話していた。本当か嘘かはわからねえが、関わりがねえと名前は出てこねえ。それを聞きだしたあと、俺は尾行された。さしずめ、いのりが、おまえかおまえの仲間の誰かに連絡を入れたってところだろう」

半分、確信を持った推測を語る。しかし、吊り上がる平尾の目が、桜田の推測が事実であることを肯定していた。

「孝蔵からの頼みってことは、春人の指示ということだな。で、春人の後ろにはおまえらが付いていることもわかった。十分だ」

桜田は立ち上がった。

「行くぞ」

村瀬の腕を握って、立たせる。

「ちょっと待てよ、桜田。俺がこのまま帰すと思ってんのか?」

平尾がテーブルを蹴った。

すると、怒鳴り声が聞こえてきた。

――こら、平尾! うちと戦争するってのか! 上等だ! 今すぐ、てめえら皆殺しだ!

スピーカーが割れそうなほどの怒声に、平尾以外の男たちは竦《すく》み上がった。

桜田はスマホを取った。

「どうする、平尾? 俺だけでなく、持永さんたちも敵に回すことになる。おまえら、生きる場所なくなるぞ?」

平尾を見下ろす。平尾は悔しそうに奥歯を噛み締めた。

それを見て、桜田は微笑んだ。

「持永さん、話は付いた。面倒かけたな。今度、食事おごるよ」

そう言い、電話を切った。

村瀬の脇に肩を通して抱え、部屋を出て行く。男たちは桜田に睨まれると、道を開けた。

二人はそのまま会社を出た。

「桜田さん、ありがとうございます」

「ありがとうじゃねえよ」

桜田は左手のひらで、村瀬の頭を叩いた。

「深入りするなと言っただろうが。まあ、おかげで、関係者の背後がわかったんで、それには感謝するがな」

「役に立ちましたか？」

「立ちすぎだ。野中と松原に、今回の件を話して、店はしばらく閉じろ」

桜田が言う。

村瀬が桜田を見やる。

「大丈夫でしょ？」

「いや、アイアンクラッドの男たちはともかく、平尾ってのはしつこそうだ。粘着質な目をしている。執念深いヤツはナメちゃいけねえ。おまえらは、ほとぼりが冷めるまで、身を隠してろ」

「そこまで大げさにしなくても……」

「そこまでの事態なんだよ。巻き込んじまって、すまねえな」

「いえ……わかりました」

村瀬はうなだれた。

桜田は宙を見据え、エレベーターホールに向かった。

6

平尾はドアを睨みつけていた。

横川や和久、他の部下たちも、遠巻きに平尾を見つめていた。

「横川」

平尾が呼ぶ。

横川の膝が震えた。うつむいたまま、平尾の下に駆け寄り、正座した。

「俺が電話させてしまったために、すみませんでした！」

土下座し、額を床にこすりつける。

「やめろ。土下座なんてのは最も無意味な行為だ。俺が意味のない反省やら忠義やらが嫌いなのは知っているだろう。立て」

平尾が命じる。

横川はすぐさま立ち上がり、直立した。

平尾はドアに向けていた視線を、ゆっくりと横川の顔に向けた。

「道具を集めてこい」

「どのくらいですか？」

「手に入るだけ、かき集めてこい」

平尾は涼しい顔で言う。

「何をするつもりですか？」

横川が訊く。

「何？　決まってるだろう。今夜、俺を舐めた連中を皆殺しにする」

「赤星と殺り合うんですか！」

横川の声がひっくり返る。和久や他の男たちの顔も引きつった。

「ヤクザもただの人間。頭を潰しゃあ、ただの肉の塊だ。ビビることはねえ」

「平尾さん。それはちょっと強引すぎます。社員がいなくなっちまいますよ」

「逃げるヤツは殺せ。俺に逆らうヤツは、地獄へ送ってやれ」

平尾のこめかみがひくひくと痙攣《けいれん》している。

横川の顔が蒼くなった。

怒り心頭の時、平尾はこめかみが痙攣する。過去に二度、その顔を見たことがある。

一つは、敵対するグリーンギャングに急襲された時だ。たまたま集会に顔を出していた平尾に刃を向けた者がいた。

その刃先が平尾の頬を掠めた瞬間、怒りのスイッチが入り、こめかみが痙攣した。

平尾は二十人はいた敵を次々と倒していった。スピード、パワーもさることながら、敵に単身突っ込んでいく様は、圧巻だった。

鉄パイプや金属バットを振り回し、敵味方関係なく、目の前に現われた者を殴り倒した。

それはまさに、金棒を振り回す鬼そのものだった。

平尾は、敵のリーダーをバットで殴り倒した。戦意を失い、命乞いするそのリーダーをバットが折れ曲がるまで殴り続けた。

当然、そのリーダーは絶命した。

しかし、平尾は相手が死んでもなお、殴り続けた。

血肉が舞い上がる中、薄ら笑みを浮かべて屍を殴る様はあまりに凄惨だった。

現場にいた者の中には、その後、精神を病み、自ら死を選んだ者も出るほどの惨劇となった。

もう一つは、アイアンクラッドを立ち上げてすぐのことだ。

裏社会上がりの同業他社の者が、仕事を取られた腹いせに、事務所に殴り込んできたことがあった。

平尾は不在で、残っていた社員がやられ、業務用のパソコンも破壊された。

それを知った平尾は、裏社会の伝手《つて》をたどって拳銃とダイナマイトを手に入れ、単身、相手の会社に乗り込んだ。

問答無用で、事務所にダイナマイトを放り込んで建物を爆破し、命からがら出てきた者に容赦なく銃弾を浴びせた。

横川は平尾が報復に出たと聞き、仲間を集めて現場へ向かったが、到着した時にはすべてが片づいていた。

そこで横川が見たものは、この世のものとは思えない光景だった。

平尾は何かを執拗に踏みつけていた。

近づいて見てみると、人だった。顔は原形もなく潰れ、両手足はちぎれ飛び、血が噴き出していた。

平尾はひっくり返った亀のような肉の塊をなおも踏みつけていた。傷口が開いた腹から内臓が飛び出すのもかまわず、血まみれになりながら、肉という肉をぐちゃぐちゃに踏み砕いていた。のちに、それが相手会社の社長だとわかった。

いずれの時も、平尾は自分の身代わりを警察に突き出した。

平尾の残虐な行為を目の当たりにした身代わりは、真実を語ることなく、今も服役している。

横川たち、初期メンバーの幹部は、平尾を怒らせないよう、神経を尖らせて、アイアンクラッドの実務を行なうようになった。

一つは、平尾に暴れられれば、すべてを失いかねないからだ。多少の暴力は問題ないが、平尾が出張って相手を皆殺しにする事態が続けば、裏社会の者たちが本気で自分たちを潰しに来る可能性があった。

平尾のせいで、日本で生きる場所をなくすのはたまったものではない。

しかし、本当に怖かったのは、平尾の怒りが自分たちに向けられることだった。

平尾に仲間意識などない。部下はあくまでも自分の手足に過ぎず、使えない手足は容赦なく葬った。

若い頃、ギャング団としてのし上がっていく時には、平尾の非道極まりない強さは頼もしいものだった。

だが、歳を重ね、社会的地位が高まるにつれ、平尾の狂気は時限爆弾のように危ういものとなった。

一方で、平尾の頭脳と力量があるからこそ、アイアンクラッドが企業として成長を続けているのも事実だった。

幹部たちの気づかいのおかげで、平尾は激怒することなく、ここまでやってこられた。

そこに、桜田が現われた。

何の因果か、最も会わせたくないタイプの人間を引き寄せる結果となってしまった。

そして、平尾の逆鱗に触れた。

命令に従うしかない場面だが、それでも横川は説得を試みた。

「平尾さん、暴れてしまったら、木下春人の持っている吉祥寺のビルも手に入らなくなってしまいます。ここは人数をかけて、もう一度、桜田だけを狙って、遺言書の預かり証を奪って――」

「もう、そんなものはいらない。回りくどい話はやめだ。とにかくな、あのガキも持永も春人も池田も桜田も、みなぶち殺さないと気が済まねえんだよ」

平尾が目を剝く。

横川だけでなく、他の男たちも深いため息をついた。

こうなってはもう、平尾を止める術はない。

「三日で用意しろ。で、すぐにぶっこむぞ。他の連中はおまえらが殺してもかまわんが、桜田だけは殺すな」

「なぜです？」

横川が訊く。

「あいつは俺の獲物だ」

平尾はこめかみをひくつかせ、薄ら笑いを浮かべた。

第5章

1

桜田は一睡もしないまま、事務所に出勤した。自席につき、息を吐くと、そのまま机に突っ伏しそうになる。

そこに、有坂が出勤してきた。

「おはようございます！」

大きな声が桜田の耳に響く。

有坂はカツカツと靴を鳴らし、桜田に近づいてきた。

「おやおや、桜田さん！　元気ありませんねえ。大丈夫ですか？」

有坂が言う。

桜田は顔を向けた。相変わらず、有坂は笑顔だ。心配しているんだか、からかっているんだか、わからない。

「ええ、まあ……」

桜田は太腿《ふともも》に手をついて、体を起こした。両腕を机に置き、上体を支える。

「朝ごはんは食べましたか？」

「いや、食欲がなくて……」

「それはいけません！　朝は、エネルギーの源となる糖質、寝ている間に不足する水分とタンパク質をしっかり摂らないと、元気よく働けません。そうだ、僕が持っているプロテインをあげましょう！　僕のプロテインはオリジナルブレンドで、大さじ一杯を水に溶かして飲めば糖質とタンパク質を十分にとれる配合でして――」

「あ、いえ、遠慮しときます」

桜田はやんわりと断わった。

小夜と荒金が共に入ってきた。

「おはようございます」

荒金が挨拶をし、桜田の隣の自席に来る。

「桜田君、顔色悪いですね」

「ええ、ちょっとしんどくて……」

「あら、ほんと。熱はないの？」

小夜が訊く。

「熱はないんですが、体がきつくて……」

そこに尾見が入ってきた。

「おはよう。どうした?」

桜田の方を見る。

「桜田さん、調子悪いみたいです」

小夜は尾見に顔を向けた。

「そりゃいかんな。今日は休んでいいぞ」

尾見が言う。

「でも、いろいろとやることが……」

言いかけると、小夜が言った。

「いいよ、休んで。桜田さんの分はみんなで手分けすればすぐに終わるから」

「すぐに……」

「そうですよ。その程度の書類なら、三人でやれば一時間もかかりませんので。健康が一番ですから!」

有坂の言葉はいちいち気に障るが、怒る気力もない。

「所長、少しご報告が」

桜田は尾見を見た。

「では、私の部屋へ」

尾見が所長室へ入る。桜田はカバンを持って、ふらっと立ち上がった。

「では、みなさん。今日は休ませてもらいます。あとはよろしくお願いします」

頭を下げ、ふらふらと所長室へ入る。

桜田はソファーに腰を下ろした。尻がソファーに沈む。深くもたれて、一つ大きく息をついた。

「ずいぶん、疲れているな」

尾見は桜田の対面に座った。

「こいつのせいですよ」

桜田は上着の胸元をポンポンと叩いた。

「何かあったか？」

「あったかどころじゃないですよ。春人も義久も、この中身を知りたくて必死で、めんどくせえ連中を差し向けてきました」

「面倒くさい連中とは？」

「義久は赤星組系の企業舎弟を、春人はギャング上がりの警備会社の連中を使って、こいつをぶんどろうとしてきましたよ」

桜田は胸元を握った。

「ヤクザにギャングか。穏やかではないな」

「ヤクザの方は話をつけました。これで義久はおとなしくなるでしょう。問題は、春人の方です。尾見さん、レインボーギャングって知っていますか？」

「いや、聞いたことはないが……」

「ギャングの全盛時代、最も恐れられた集団です。そのリーダーは平尾皇成という名で、現在はアイアンクラッドという警備会社を経営しています」

「まさか、その男が春人側に付いているというのか？」

尾見の表情が険しくなる。桜田はうなずいた。

「直接コンタクトを取っているのは、池田孝蔵のようです。真偽は定かでないんですが、木下邸に住み込みで働いている山口いのりが池田孝蔵の娘だという情報もあります」

「おいおい、本当か？」

尾見は怪訝《けげん》そうな顔を見せた。

「池田孝蔵との関係は、直接、山口いのりの口から聞きました。で、昨晩、俺は平尾皇成と会ってきました」

「おまえ、それは深入りしすぎだ」

「俺だって、こんなところまで入りたくはなかったですよ。でも、連中の方から仕掛けてくるんで、仕方ない」

「無茶はしてないだろうな」

尾見がじっと桜田を見つめる。

「火の粉を払っただけです」

桜田はさらりと答えた。

尾見はため息をついて、首を横に振った。

「すぐ、木下氏に事情を話して、警察に――」

「待ってください。一度、木下氏に確認させてください」

「何をだ？」

「俺から事情を話します。その上で、木下氏がどうしたいのかを聞いてみます」

「どうもこうも、そこまで反社勢力が絡んできているなら、木下氏にも危険が及ぶ。放っておくわけにはいかない」

「そう、放っておくわけにはいかないんです。特に、平尾皇成という男は危ない」

桜田は尾見を見やった。眼光が一瞬、鋭くなる。

「おまえにそこまで感じさせる相手か……」

尾見は腕組みをした。

「この一件が片づくまで、ちょっと休暇をいただきたいんですが」

「どう決着を付けるつもりだ？」

「木下氏に話して、警察の手を借りるというなら、そうします。俺が証言すれば済む話ですから。しかし、警察には届けないということであれば――」

桜田は眉間に皺を立てた。

「俺が連中を潰します」

「……どうしてもか？」

「はい。他にもこの件で迷惑をかけた若者たちがいます。そいつらが今後安心して更生の道を進むためには、平尾皇成ときっちりカタをつけなきゃなりませんから」

まっすぐ尾見を見つめる。

尾見はしばし目を伏せて唸《うな》った。が、太腿を叩いて顔を上げた。

「わかった。ただし、本当に危険だと感じたら、すぐ私に連絡を入れること。木下氏の意向がどうであれ、警察に出動してもらう。約束しろ」

「了解しました」

桜田は身を起こし、強く首肯《しゅこう》した。

2

桜田は事務所を出てすぐ、持永に連絡を入れた。

三十分後に合流し、その足で木下邸に出向いた。

木下邸に着くと、見知らぬ高齢の女性が迎えに出た。門扉を開き、車を駐車スペースへと誘導する。

持永と桜田が車を降りる。

「お待ちしておりました」

小柄な女性が笑顔で腰を折る。

「山口さんはいらっしゃらないのですか？」

桜田が訊いた。

「彼女は昨日お暇《いとま》をいただきまして、私が戻ってまいりました」

「戻ってきたということは？」

「はい。いのりさんの前は、私がこちらに住み込みで働いておりました。叶静江《かのうしずえ》と申します。旦那様がお待ちです。どうぞ」

屋敷に招く。

桜田は持永を見てうなずき、静江に続いた。玄関を上がって、スリッパに足を通す。

「山口さんと住み込みの交代をしたのはいつ頃ですか？」

「五年前くらいでした。私がその一年前に少しケガをしてしまって、こちらでのお仕事ができなくなった時、妹さんからの紹介で働き始めたと聞いています」

「妹さんというのは、池田美佐希さんですか？」

「そうです」

静江がうなずく。

「静江さんは、復帰するまで山口さんが来たことを知らなかったんですか？」

「いえ、療養中に旦那様から伺っていました。その後、私が復帰して半年間、ここでのお仕事を教えて、その後、私はお暇をいただきました」

「山口さんはどうでしたか？」

「口数は少ないけれど、勘のいい人でした。三カ月もしないうちに、この人なら任せられるなと思いました。美佐希さんのご紹介ですしね」

「そうですか。山口さんはなぜ辞められたんですか？」

「さあ。一身上の都合ということらしいです」

静江が答える。本当に知らないようだ。

逃げたな、あの女……。

思いつつも、顔には出さなかった。

静江の案内で、屋敷奥の部屋前まで来る。

「旦那様。桜田様と持永様がお見えになりました」

「お通しして」

木下の声が聞こえた。

静江が両膝をついて、障子戸を開ける。奥の座椅子に木下が座っていた。

「どうぞ」

「失礼します」

桜田と持永は一礼し、中へ入った。

「静江さん。少々込み入った話をしなければならないので、電話や来客は一切取り次がないように」

「承知しました。お飲み物はいかがいたしましょう」

「私どもならお気遣いなく」

持永が言った。

「ということで、よろしく」

木下が言う。

静江は首肯し、静かに障子戸を閉じた。桜田と持永が木下の対面に正座をする。

足音が去っていくのを確認し、木下が口を開いた。

「足を崩してくれ」

木下に言われ、桜田と持永はあぐらをかいた。

「さて、緊急に相談したい件とは、遺言書のことかね?」

木下が桜田を見つめる。

「お祭しの通り、義久さんに続いて、春人さんも私の持っている預かり証を狙ってきました。幸い、持永さんに助けていただいて、事なきを得ましたが」

「詳細を聞かせてほしい」

木下が言う。

桜田は、春人が池田孝蔵を通じて、SEP主催のイベントの警備を担当しているアイアンクラッドの平尾皇成に自分を襲わせたことを話した。

村瀬と山口いのりの件は伏せた。

「それだけかね?」

木下がじっと桜田を見つめる。

「それだけです」

桜田は見つめ返す。が、圧が強すぎて、少し黒目が泳ぐ。

「では、私からも話を。いのりさんには辞めてもらった。義久が持永君を君に差し向けたように、春人が何者かに君を襲わせる可能性があったからだ」

「それと山口さんにどんな関係が？」

桜田はとぼけて訊く。

「彼女が池田孝蔵の娘だからだ」

「ご存じで！」

桜田の口から思わずこぼれた。あわてて口を噤《つぐ》む。

「さて、桜田君。すべてを話してもらおうか。君の正体も含めてね」

木下はうっすらと笑みを滲《にじ》ませた。

桜田はうつむいた。木下の様子からすると、すべてを知っている。自分の正体も含めて。カマをかけているのかもしれないが、いずれにしろ、今後のことを考えても、このままごまかし続けるのは難しい。

大きく息をついて、顔を上げた。伊達《だて》メガネを外し、木下を正視する。弱々しい司法書士事務所の下っ端の目から、狂犬の目に変わった。

「木下さん、俺のことはどこまで知っているんですか？」

「君がヤミ金で取り立てをしていたという話からだ」

「そんな昔からですか……。まいったな。所長から聞いたんですか？」

「いや、君の所に秘密証書遺言をお願いするにあたって、所員全員の素性を調べさせてもらった。義久や春人と関わりがないか、預けて大丈夫な者は誰か。最初は荒金さんに頼むつもりだった。彼なら、様々なトラブルを予見でき、対処するだろうからね。しかし、そこで君の素性を知った」

「なら、適任ではなかったでしょう。他に意図が？」

「この機に、義久と春人の背後を炙り出そうと思ったのだ」

木下が持永を見やる。持永はバツが悪そうに目を伏せた。

「両氏に、バックがついていることはわかっていたんですか？」

「それとなくね。しかし、ハッキリしなかった。だから、君に預けた。そのことをいのりさんがこっそり聞いていたこともわかっていた。彼女は孝蔵が私の下に送り込んできた監視役だからね」

「そこまでわかっていたなら、何もこんな回りくどいやり方をしなくても、二人を呼んで問い詰めればよかったんじゃないですか」

「刺激を与えなければ、影は動かんだろう。なあ、持永君」

木下は持永を見据えた。

「おっしゃる通りで」

持永が頭を垂れる。

「義久のバックに君がいたことは意外だったが、持永君クラスの者が付いているであろうことはなんとなく感じていた。私も長年、不動産で生きてきた人間なのでね。そのような裏社会の者と対峙するには、荒金さんでは弱かった。いや、荒金さんに任せれば、彼に危害が及ぶ可能性も否定できなかった」

「だから、俺ですか?」

桜田が苦笑する。

「君なら、そうした者たちを蹴散《けち》らすだろうと思った。事実、そうだったろう?」

木下が悪戯《いたずら》な笑みを浮かべる。

「最初から、俺と反社をぶつけるつもりだったと所長が聞いたら、卒倒しますよ」

「尾見君には、事が片づいたら、正直に話して詫びておくよ」

木下は笑みを崩さず、言った。

桜田はもう一度息を吐いて、木下に改めて目を向けた。

「まあ、そこまでわかっているなら、率直に伺います。木下さん、今後は二つに一つ。これまでに調べたことを警察に話して、警察から保護してもらいつつ、アイアンクラッドの連中をパクらせるか。俺が連中を片づけるか。どうします?」

「むろん、答えは決まっている」

木下はまっすぐ桜田を見た。

「春人の背後を潰してもらいたい」

「やっぱ、そうなりますか」

桜田はうつむいて、ため息をついた。

そして、太腿を叩いて、顔を上げた。

「わかりました。連中をぶっ潰します。その代わり、俺の指示に従ってください」

桜田の言葉に、木下が首肯する。

「木下さんの身辺警護は、持永さんに任せます」

「それは申し訳ない」

木下が言う。と、持永が口を開いた。

「いえ、先日、五億もの金をいただきました。その金は、うちの研究所に警護を依頼したということで処理させていただきます。いや、そうさせてください」

持永は太腿に両手をついて、頭を下げた。

「木下さん。持永さんが警護についてくれれば、俺も安心です。平尾の仲間は、素人じゃありませんから。もちろん、目立たないように警護させてもらいます。なあ、持永さん」

桜田は持永を見やった。

「平尾とは電話でやり取りしましたが、案外、気合の入ったヤツです。ありゃあ、サッにも牙を剝きそうな雰囲気でした」

持永が木下に顔を向けた。

「そんなに狂暴なのか？」

「あいつは俺より危ないかもしれないですね」

桜田が笑う。

「わかった。持永君、よろしく頼む」

木下が言う。持永は強く首肯した。

「もう一つ。秘密証書遺言の中身を、妹さんに話してもらえますか？」

「美佐希にか？」

木下は桜田を見た。桜田がうなずく。

「もちろん、事実を話す必要はありません。義久さんにすべてを譲るよう記したと話してください」

「なぜだ？」

「妹さんにだけ打ち明けることで、木下さんの言葉に信憑性が増します。それが孝蔵さんと春人さんの耳に入れば、二人は全力で義久さんを潰しに出るでしょう。当然、実働部隊はアイアンクラッドです。そこを狙い打ちにします」

「そこまでしなくてもかまわんよ。警察が動けるくらいまでの証拠をつかんでくれれば、相手は潰せる」

「いや、平尾はそうはいかないでしょう」

桜田の目つきが鋭くなる。

「木下さんほどでなくても、俺もいろんなクズを見てきました。平尾は粘着質な男です。力があって執着するヤツはタチが悪い。徹底的に潰しておかないと、何度でも湧いてきます」

「君がそう見立てるなら、そうなのだろう。春人もずいぶん面倒な者と手を組んでしまったものだな」

木下は深くため息をついた。

「妹さんに仕掛けた後、できれば、どこかに身を隠しておいてください。静江さんが敵側だとは思いませんが、もう一度、休暇を出してもらえますか。身の回りには俺と持永さんが信頼できる者だけを置くようにしてください」

「そうか……。仕方ないか」

「お願いします。でないと、我々が自由に動けません。どこか、義久さんや春人さんも知らない別荘のような場所はありますか？」

「琵琶湖《びわこ》畔に一軒、別荘を持っている。私が釣りをするときのために買ったところで、息子たちは私が関西に物件を保有していることは知らない」

「そこでオッケーです。事が収まるまで、俺たち以外には誰にも居場所を知らせないでください。持永さん」

桜田が持永を見やる。

「誰か、信頼できる人を付けてもらえますか?」

「滝井とその舎弟を付けましょう。ガキどもの店を守った連中ですから、事情もわかっていますし、腕は確かですから」

「それはいい。頼みます」

桜田は頭を下げた。木下に向き直る。

「それともう一つ。連中がここに乗り込んでくることも考えられるんで、木下さんがその別荘に移動した後、俺がここで待機させてもらってもかまいませんか?」

「ああ、かまわんよ。好きな部屋を使ってくれ」

木下はすぐに了承した。

「では、今後の詳細ですが——」

桜田は、木下、持永と三人で計画を詰めていった。

3

翌日、木下はさっそく池田美佐希に連絡を取り、私邸に呼び出した。

美佐希は〝内緒で〟という木下の言いつけを守り、こっそりと木下邸を訪れた。

インターホンを鳴らすと、木下が直接、応対をした。入ってこいという。怪訝そうに屋敷の中へ入っていく。

玄関は開いていた。ドアを開くと、木下が待っていた。

「一人か？」

「ええ」

美佐希が言う。

木下は少しドアの外に目を向けると、入るように言った。

美佐希は玄関口に入った。

木下に言われ、美佐希はドアロックをかけた。

「鍵を閉めてくれ」

「どうしたの？　静江さんが戻ってきていたんじゃないの？」

「静江さんには暇《ひま》を出した」

木下は言い、奥へ進んだ。

美佐希は靴を脱いで、スリッパに足を通した。木下についていく。

木下は一階右奥のバルコニーに進んだ。ティーテーブルと椅子が置かれた日当たりのいいスペースに出る。

テーブルには紅茶のポットとティーカップが二つ用意されていた。

木下は奥の席に座った。美佐希が手前に座る。木下はティーポットを取って、カップに紅茶を注ぎ、一つを美佐希の前に差し出した。

「懐かしいわね、ここ」

美佐希が庭に目を向ける。

まだ美佐希が木下姓だった時代、奪い取られた父の土地を取り返し、木下ビルを成長させるために義人と二人で作戦を練った場所でもある。

二人で内密な話をする際は、いつもここを使っていた。

義人はこの場所に美佐希と家政婦以外、決して入れなかった。

美佐希はソーサーごとカップを取った。ふわりと渋みのある甘やかな香りが漂ってくる。

ダージリンだった。義人はいつもダージリンティーを入れ、美佐希を迎えた。

美佐希は一口含んで、渋みを味わった。ソーサーとカップをテーブルに置く。

木下を見やった。

「内密な話って、いのりさんのことかしら？」

美佐希が切り出した。

家政婦として働いていた山口いのりが、突然、木下からクビを言い渡されたことは、夫の孝蔵から聞いていた。その後任に、昔からいた家政婦の静江が就いたことも。

木下は紅茶を一口飲んだ。一呼吸置いて、口を開く。

「おまえにだけ、秘密証書遺言の中身を教えておく」

木下の言葉に、美佐希は驚いた。

「なぜ？」

「遺言の預かり証を尾見司法書士事務所に預けたんだが、その預かり証を保管してくれている尾見さんのところの所員が、何度か襲われてね」

話すと、美佐希の黒目が泳いだ。

「その所員の話によると、襲ってきた何者かのいずれも、預かり証をよこせと言ったらしい。美佐希、心当たりはないか?」

「いえ、私には……」

美佐希は顔を伏せた。

「秘密証書遺言のことは、私がどう隠そうと、すぐに息子たちの耳に入るだろうとは思っていた。おそらく、義久か春人のどちらか、あるいはどちらもが、何者かを差し向けたのだろう。推測だがね」

木下は淡々と話す。すべて、桜田たちと打ち合わせた通りだ。

カップを取ろうとする美佐希の指先が震えている。

木下はかまわず話を続けた。

「まあ、どっちが差し向けた者でもかまわんのだ。ただ、尾見さんのところに迷惑をかけるのは忍びない。それに、襲われた所員に聞いてみると、その何者かはなかなかの乱暴者だと言う。私自身が襲われる危険も出てきたので、静江さんには暇を出した。私のせいで、彼女に危害が及んではやりきれんのでな」

この部分は、木下が打ち合わせで付け加えたところだった。

美佐希に静江や尾見司法書士事務所の話を聞かせていれば、春人や孝蔵の暴走を止めてくれるだろうと踏んだからだ。

他の者はともかく、美佐希はなるべくなら事を荒立てたくない性格だということはよく知っている。

尾見の事務所や静江のことを言い含めておけば、もし余計なところに手を出した場合、即法的措置を取るという警告にもなる。美佐希はそうした事態を必ず止める。

自分自身や桜田、持永はともかく、他の者にまで危険が及ぶ状況は避けておきたかった。

「とはいえ、私自身が襲われて、最悪死亡すれば、遺言が正確に執行されない事態もありうる。そこで、おまえにだけは知っておいてもらおうと思ってな」

「私でいいの？」

「おまえだからだ。苦楽を共にしたおまえだからこそ、託せる」

木下が言う。その言葉は、美佐希の胸の奥に刺さった。

「わかった。兄さんに何かあれば、私が責任をもって、遺言を執行します」

美佐希は強くうなずいた。

木下は紅茶を飲んで、一つ息をついた。おもむろに顔を起こし、美佐希を見つめる。

「私の財産のすべては、義久に譲るつもりだ」

「義久に？」

美佐希の顔が強《こわ》ばった。

「遺言にはそう記してある」

「なぜ？」

「義久は長子だ。木下ビルの基本業務を知っているのも義久だ。少々頼りない面もあるが、後継としては順当だ。うちの会社も大きくなった。開拓期とは違う。安定の中で社員の生計に責任を持ち、できる範囲でチャレンジしていけばいい」

「春人じゃダメなの？」

美佐希は少し木下を睨《にら》んだ。

「春人の開拓精神は私も認める。しかし、春人は場当たり的で、最後まで物事をやりきる力もない。アイデアを形にできるブレーンが付いているといいのだが、今のところ、それも周りにいないようだ」

暗に孝蔵を非難する。

美佐希の眦《まなじり》が一瞬引きつる。美佐希は紅茶を含んで少しうつむいて目を閉じ、飲み込むと同時に深く呼吸をして、気を落ち着けた。

「でも、それでは春人は納得しないわよ」

「あとは、義久と話し合って、配分を決めればいいだけのことだ。義久にはそれもいい勉強になる」

「兄さんは、春人が嫌いなの？」

美佐希は思わず訊いた。

木下はふっと笑った。

「美佐希……。おまえが母親代わりとなって春人をかわいがっていたことは知っている。だが、私のこともよく知っているだろう。私が、こと仕事に関しては私情を挟まないということを」

「本当にそうなの？」

「何が言いたい」

木下の目に力がこもる。

美佐希はわずかに怯《ひる》んだものの、木下を見返した。

「兄さんは春人にも、孝蔵さんにも厳し過ぎる。少しくらい、認めてあげてもいいんじゃない？」

「おまえがそんなことだからダメなんだ」

「どういうことよ」

「おまえが春人を支えると言った時、私はそれがいいと思った。おまえの冷静さ、慎重さは春人に欠けているものだからだ。おまえがうまく手綱《たづな》を引けば、大化けするかもしれないと若干期待もしていた。しかし、どうだ。春人の放漫経営を止められず、金を垂れ流し、今や義久が譲った吉祥寺のビルまで取られそうではないか。私こそ、訊きたい。なぜ、春人や孝蔵に物が言えんのだ。木下の本流は私とおまえだ。何に遠慮している？」

木下が言った。

美佐希は答えず、うつむいた。

「孝蔵を立てたいのならやめておけ。悪いが、あいつには才がない。夫婦でいることに口は出さんが、経営に関することは言わせてもらう。孝蔵をコントロールできなければ、春人もおまえたちも潰れるぞ」

「兄さんはわかってない……」

「何をだ?」

「兄さんは、私が本当に求めていたものを何一つわかっていない」

美佐希は木下を睨みつけた。

憎悪とも失望ともつかない眼差《まなざ》しだ。しかし、目の奥には木下への非難が滲んでいた。

「遺言のことはわかりました。もし、兄さんに何かあれば、私が責任をもって履行します」

「履行?」

木下が首を傾げる。

「ただし——」

美佐希は立ち上がった。木下を見下ろす。

「春人の取り分は争います。兄さんが義久に家督《かとく》を継がせたように、私の後は春人に継がせるつもりですから」

そう言い切り、美佐希は木下に背を向けた。
そういうことか……。
木下は美佐希の後ろ姿を見つめ、深く息をついた。

4

孝蔵は平尾に呼ばれ、アイアンクラッド本社を訪れていた。
預かり証を手に入れた、という報告だと思っていた。
しかし、社を訪れてすぐ、孝蔵に向けられる視線が好意的なものでないことを感じた。
中にはあからさまに孝蔵を睨みつける者もいた。
和久と横川が社長室前にいた。和久は顔が腫れていて、顔に絆創膏《ばんそうこう》が貼られている。
孝蔵は愛想笑いを覗《のぞ》かせ、二人に近づいた。
「どうしました?」
訊くが、二人は返事もせず、孝蔵を睨んだ。
どうしていいかわからず、とりあえずへらへらしていると、和久がドアをノックした。
「社長、池田が来ました」
これまで〝さん〟付けだった名前を呼び捨てにしていた。
孝蔵の笑みが強ばる。

「入れろ」

中から聞こえてくる平尾の言葉も乱暴だ。

和久がドアを開けた。横川が孝蔵の背中を突き飛ばした。

よろよろと中へ入る。と、すぐドアを閉められた。和久と横川は入ってこない。

平尾は執務机のハイバックチェアに鎮座していた。にこりともせず、孝蔵を見据える。

「座れ」

平尾は目でソファーを指した。

孝蔵は背を丸め、おずおずとソファーに浅く腰かけた。

「池田さんよ。あんた、とんでもねえ野郎に引き合わせてくれたな」

「とんでもないというと……?」

わけがわからず、訊く。

と、平尾は左脚を上げた。踵《かかと》を天板に落とす。その音にびくっとして、孝蔵は腰を浮かせた。

平尾は右脚を重ね、椅子に仰け反って、孝蔵を見下ろした。

「知ってて送り込んだんだろうが」

「なんのことだか、ほんとに……」

孝蔵は、いつもとは違う平尾の迫力におののいた。

今すぐにでもここから出たい。が、背中を見せた途端、撃ち殺されそうな気がして動けない。

「本当に知らなかったのか？」

「ですから、なんのことでしょうか……」

恐る恐る返す。

「どうしようもねえボンクラだな。こんなカスのせいで、こっちが本気見せなきゃならなくなるとは」

平尾は深いため息をついた。天板から両脚を下ろす。両肘をついて手を組み、孝蔵を見据えた。

「まあいい。例の件だが」

「遺言書のことですか？」

「ああ。あれだがな。処理代をいただくことにする」

「三百万くらいですか？　五百万までなら、上乗せできますが」

孝蔵は平尾の機嫌を取ろうと、予定になかった金額を提示した。

しかし、平尾はぴくりとも動かない。

「足りませんか……。では、春人と話し合って、それ以上の金額を――」

「吉祥寺のビルを差し出せ」

平尾が言った。

孝蔵が驚きのあまり、目を見開く。そして、笑顔を作った。

「またまた、冗談が過ぎますよ」

小さく笑う。が、平尾はまったく笑っていない。

「素直に差し出せば、おまえらにもビルを使わせてやる。おまえらのイベントの警備も引き受けてやろう。渋るなら、俺が奪い取る。その時はおまえらも無事ではいられないと思え」

淡々と言う。交渉ではなく、もはや命令だった。

「和久さんたちのケガと何か関係があるんですか?」

「やられたんだよ。尾見事務所の桜田というガキに」

「桜田? あ、いや……あの桜田ですか?」

孝蔵は戸惑った。

桜田は二、三度見かけたことがあるが、地味でほっそりとした情けなさそうな男だ。司法書士見習いだが何度も試験に落ちていて、要領も悪く、事務所のお荷物だとも聞いていた。

「何かの間違いじゃ……」

「間違いであってほしかったよ。我が社のこの場所で、俺は人生最大の恥をかかされたんでな」

平尾は肘で天板をトンと打った。

「ヤツだけは許さねえ。八つ裂きにしてやる」

両手を握りしめて震え、宙を睨む。

孝蔵は竦《すく》み上がった。

「司法書士事務所にぶっこんで、皆殺しにしてやろうかと思ったんだがな」

「それは……」

「俺も大人だ。そこまではやらねえ。代わりに、ビルを差し出せ。この怒りを抑えるには金しかねえぞ、なあ、池田」

半笑いを浮かべる。

「桜田をぶち殺して、預かり証は破棄してやる。そのあと、木下義人も殺してやるから、財産全部奪ってこい。なんなら、義久もあの世に送ってやるぞ。そうすりゃあ、木下ビルも手に入る」

「いや、ちょっと待ってください。殺しはさすがに……」

「おいおい、これでもずいぶん譲歩してるんだぞ。昔の俺なら、今頃、誰も生きちゃいねえ」

孝蔵を見据える。

その言葉に嘘はなさそうだ。

「もういいぞ。帰って、春人にそう伝えろ。二日待つ。返事次第では、吉祥寺のビルを更地にしちまうからな」

平尾は右手の甲を振った。

孝蔵は震える膝を押さえて立ち上がった。深々と一礼し、社長室を出る。和久と横川の視線が突き刺さる。

孝蔵はうつむいたまま、足早に会社を出た。そそくさとエレベーターに乗り込む。ドアが閉じると、深く息をついた。

壁に手をつき、崩れそうな膝を支える。手の指先は緊張から解放され、小さく震えていた。

「まずいな……」

ふっとこぼれる。

平尾がレインボーギャングのリーダーだということは知っていた。

しかし、孝蔵はギャングそのものを知らなかった。

孝蔵の時代、夜の街で幅を利かせていたのはヤンキーやチーマーだった。ちょうどチーマーが出現して、勢力を拡大しようという頃だ。

カラーギャングがチーマーに代わって台頭してくる頃には、そうした若者文化に触れることはなくなっていた。

年代が一回り以上下になったせいか、ギャングは、ただの子供の遊びだと思っていた。

そのうち、ギャングの話も聞かなくなり、その存在すら記憶から消えていた。

そうした認識だったので、正直、平尾を見くびっていた。

いざとなれば、本物のヤクザを動かして潰してしまえばいい、くらいにしか考えていなかった。

だが、怒り心頭の平尾を前にして、孝蔵は事態の深刻さに気づいた。

どうする……。

思案するも、どうすることもできなそうだ。

孝蔵はふらふらとビルを後にした。

5

桜田は急遽、木下に呼ばれ、木下邸に来ていた。

静江の姿はなく、木下に直接出迎えられた。そのままバルコニーへ連れて行かれる。

「静江さんは予定通り、帰したんですか？」

「ああ、昨晩のうちに暇を言い渡した。何も語らなかったが、何かあることは感じているようだったね。彼女も私たちがどう生きてきたかをよく知っているから、察するものがあったのだろう」

庭に面したバルコニーに入る。テーブルを見ると、カップが二つ置かれている。一つには口紅が付いていた。

「どなたかいらしていたんですか？」

「美佐希だ。昨日の打ち合わせ通り、遺言のことを話した」

木下は話しながら、美佐希が座っていたであろう席を手で指した。

桜田は腰を下ろした。木下が向かいに座る。

「まだ、紅茶は残っているが、飲むかね？」

「いえ、結構です」

桜田は右手のひらを上げた。

「妹さんの反応はどうでした？」

さっそく切り出す。

木下はカップに残っていた紅茶を飲み干した。カップを置き、桜田に顔を向ける。

「美佐希なら、冷静に受け止めると思ったんだが、予想に反した反応を見せた」

「というと？」

「遺言は履行するが、その後、春人の取り分については徹底的に争うと、私に言ったよ。つまり、遺言書は見るけど、従わないという宣言だ。宣戦布告とも言うべきか」

木下はやるせない笑みをこぼした。

「妹さんは、木下ビルの資産に執着していたということですか？」

「いや、そうではない」

木下は大きく息をついた。

「美佐希が守ろうとしているものは、家族だ」

「家族？」

「孝蔵しかり。春人も自分の息子のように面倒を見てきた。美佐希にとって、今の池田家はあいつが初めて持った家族なんだよ」

木下は昔に思いを馳せるよう、ゆっくりと話した。

「あいつが物心ついた時から、仕事で父親は家を空け、家族で食卓を囲むということはなかった。母は早くに死に、父の死後、私が父の財産を取り返すために奮闘していた頃、学生ながら、私の身の回りの世話をしてくれた。会社に入ってからも、私の右腕として、会社を大きくするために力を尽くしてくれた。それについては、美佐希も納得しているだろう。しかし、納得はしていても、胸の内にはくすぶっているものがある。それが、普通の家庭というものだ。君も普通ではない人生を送っているだろうから、その気持ちはわかると思うが」

木下が桜田を見つめる。それはどこか、親が子供を見守るような眼差しだ。木下が初めて見せた、人間らしい表情だった。

美佐希の話は、痛いほど理解できた。

自分も尾見の下で働くようになり、普通の生活というものへの渇望が強くなった。思春期の頃にできたしこりは、大人になっても消えない。しかし、その当時に戻ってやり直せるわけでもない。

多くの人々は、その記憶を胸の奥に押し込め、少しずつあきらめていったり、他の何かに置き換えて昇華したりして、歳を重ねていく。

だが、あまりに過酷な人生を生きてきた者にとって、〝普通〟という名のしこりは、生涯を懸けて取り戻したい大きな夢となり、心の中で膨らみ続ける。

それがかつて求めた形と違っても、手に入れた〝普通〟は手放したくなくなる。

それを維持するために、普通ではない行動をとることもある。

普通とはどういうことなのか、と問う者がいる。

それは普通の中で生きてきた人間の問いだ。

桜田や美佐希の中の〝普通〟は、至極単純なもの。

生活を脅かすものが周りになく、働いて稼いだ金を自分の暮らしや趣味に使え、時に友人と飲食を楽しみ、夜は風呂に入って寝て、また朝を迎える。

ただそれだけを求めている。

美佐希にとって、息子同然の春人を支え、孝蔵と三人で会社を盛り上げ、共に暮らしている現況は、求めてやまなかった形なのだろうと察する。

「それは厄介ですね……」

桜田はつい漏らした。

「ああ、厄介だ」

木下が同意する。

遺言の中身を知りたがっているのは、孝蔵と春人だろうと思っていた。木下の話を聞く限り、美佐希は冷静で分別のある女性だとみていた。

義久にすべての財産が行くと知れば、美佐希が春人を説得し、義久に話を付けて、木下ビルに春人を戻すだろう。

木下もそう思っていただろうし、桜田もそれがベストの選択だと思った。そして、美佐希ならそう動くだろうとも踏んでいた。

美佐希がこちらの思い通りに動いてくれれば、自然と春人のバックから孝蔵と平尾の影は払拭できる。

あとは、孝蔵はともかく、平尾を押さえれば事は片づく。

木下が望んだように、性格の違う兄弟が両輪となり、会社をさらに発展させていく土台も作ることができる。

すべて丸く収まるはずだった。

が、美佐希が今の状況に執着しているとなれば、話は変わってくる。

平尾を潰せば、春人のバックにいる影は払える。しかし、兄弟の火種は残り、また新たな反社勢力を呼び込んでしまう可能性もある。

「桜田君。君にだけ、遺言の中身を話しておく」

「よろしいんですか？」

目を丸くする。

「私は癌でね。実はもう長くはない」

木下が言う。

桜田はさらに大きく目を見開いた。座る姿は背筋も伸び、凜としている。頬は歳なりにこけているとは思っていたが、肌には張りがあり、とても病人には見えない。

桜田の反応を見て、木下はふっと笑った。

「私は抗癌剤治療を受けていないのでね。癌患者特有の容貌《ようぼう》にはなっていないのだよ」

「そうでしたか。痛みは？」

「鎮痛剤で抑えている。この頃は効きも悪くなってきたが、まだ平気だ」

「入院したり、手術したりはしないんですか？」

「病院に入れば、義久と春人の争いは激しくなる。それでは共倒れになる。私は息子たちだけでなく、自分が築き上げた会社で働いてくれている従業員やその家族も守らなければならない。美佐希が孝蔵と春人に家族を求めたように、私にとっては、会社と従業員たちが大事な家族だからね」

木下は気負いなく微笑んだ。

強い人だと、桜田は感じた。そして、木下もまた、木下なりの〝普通〟を大事にしていたのかと思い、胸が熱くなった。

「万が一の時のために、君に遺言の中身と息子や美佐希に伝えてほしいことを話しておきたい」

「わかりました」

桜田は強く首肯した。

6

孝蔵は、アイアンクラッドを後にしたその足で、吉祥寺のビル内にある春人の会社を訪れていた。

春人は社長室にこもっていたが、たいした仕事はしていない。スマートフォンを握り、遊び仲間と夜の相談ばかりしている。

孝蔵は蒼い顔をしていた。顔も上がらない。だが、春人はデスクの前に立つ孝蔵の様子を見ても気にすることなく、メッセージのやり取りを続けていた。

「春人、そろそろいいか？」

孝蔵が声をかけた。

「ちょっと待って。まだ連絡しなきゃならないところがあるんで。急ぎか？」

顔も向けず、能天気に訊いてくる。

孝蔵は大きくうつむいた。自然と両手の拳を握る。腕がぶるぶる震える。

「さっさとしろ！」

孝蔵の言葉が乱暴になる。

「うるせえなあ。用があるなら、話せよ」

苛立った口調で返す。

孝蔵はデスクに拳を叩きつけた。春人のスマホを奪い、壁に投げつける。

スマホのフレームが壊れ、ディスプレイがひび割れた。

「何すんだ！」

春人が立ち上がった。

孝蔵は春人の胸ぐらを両手でつかみ、引き寄せた。鼻先を突き付け、目を睨む。

孝蔵の気迫に押され、春人の黒目が泳いだ。

「のんきにスマホいじってんじゃねえ」

さらに睨みつける。

「怒るなよ……」

春人は顔を背けた。

孝蔵が突き飛ばす。春人の尻が椅子に落ちた。

春人はよれた上着を整え、孝蔵を見やった。

「何があったんだよ」

「平尾に会ってきた」

「預かり証は奪えたのか？」

春人の問いに、孝蔵は顔を横に振った。

「平尾がこのビルをよこせと言ってきた」

「あ？　どういうことだ？」

春人が気色ばんだ。

「遺言の件のカタをつけたきゃ、ビルを渡せってことだ」

「あのチンピラ、ふざけやがって……。二度と仕事は回さねえ」

怒りに任せて、怒鳴る。

「できるもんなら、やってみろ、自分の手で」

「なんだと？」

孝蔵は春人を睨んだ。

「平尾は本物だ。渡さなければ、このビルを更地にすると脅《おど》してきた」

「そんなことできるか！」

「いや、ヤツならやる。チンピラ上がりの小物だと思っていたが、とんでもない野郎だった」

孝蔵が顔を引きつらせた。

「どんなヤツか知らないが、このビルは渡さないぞ。ここを取られたら、俺はしまいだ」

「金より命だろうが」

孝蔵は春人を見据えた。その眼差しに本気を感じ、春人の目尻も引きつる。

「どうしろと……」

春人の声が小さくなった。

孝蔵は机の端に尻をかけた。上体を倒し、身を寄せる。

「平尾は今、尾見の事務所の桜田ってヤツと揉めている」

「預かり証を持っているヤツか？」

春人の問いに、孝蔵がうなずく。

「こいつが聞いていた話とは違って、めっぽう強いヤツらしい」

「本当か？」

「嘘ではなさそうだ。平尾は怒り心頭だし、平尾の右腕の男たちが顔を腫らしていた。桜田にやられたようだな」

「親父、そんなヤツに預かり証を預けていたのか。それじゃあ、預かり証は奪えないな」

春人はため息をついた。

「奪う必要はない」

「どういうことだ？」

春人が孝蔵を見上げる。

「俺とおまえじゃ、平尾たちには到底かなわんが、桜田というヤツは、平尾と同等かそれ以上に強い。両者をぶつければ、平尾が勝つにしても相当なダメージを食らうだろう。桜田が勝ってくれれば、俺たちは手を出さずに問題は片づく」

孝蔵はにやりとした。

「どうやって、ぶつけるんだ？」

「待つ」

「待つ? おいおい……」

春人は眉尻を下げた。

「いや、待てばいい。平尾はやる気満々だ。なんなら、義人さんまで殺すと言っている」

「親父まで!」

春人の顔が引きつった。

「そう。もちろん、義人さんは殺させない。だが、桜田とぶつかるのは必至だ。今は、その後を見越して、仕込む時だ」

「何を仕込むんだよ」

「今からおまえが、義人さんのところに行く。そして、預かり証を奪おうとしたことも正直に話して詫びる」

孝蔵が言う。

「待てよ。そんなことを言えば、親父が黙っているはずがない。素直に話して許してくれるような親父じゃないぞ」

「続きがある。そこで、平尾たちのことも話す。その上で、義人さんを守るために、屋敷に泊まり込む」

「ちょっと待て! 俺に平尾と戦えと言うのか!」

春人は動揺した。

「戦うのは、桜田に任せろ。ヤツの行動を探らせて、俺が平尾に連絡を入れる。屋敷以外で桜田と平尾がやり合ってくれればいいだけだ。そこに警察を送れば、桜田も平尾も捕まる。桜田は司法書士事務所の人間だから釈放されるだろうが、平尾たちはそうはいかない。主だった幹部は逮捕され、アイアンクラッドも平尾もしまいだ。きれいに片づく」

「そんなにうまくいくか？」

「行かせなきゃ、俺たちが危ないんだよ。おまえはすぐに義人さんに連絡を入れて、屋敷に行って来い。で、すべてを白状して詫びたうえで、今、話した通りに行動しろ」

「他に手は……」

孝蔵は、躊躇《ちゅうちょ》する春人の肩口を握った。

「まだ、わからねえのか！　すぐにでも動かねえと、俺たちが殺されるんだ！」

孝蔵は強い口調で言い、春人を突き飛ばした。

「すぐに動け。俺は知り合いの探偵に頼んでくるから」

孝蔵はドア口に足を向けた。ドアハンドルを握り、振り返る。

「あー、美佐希には話すな。平尾に強奪を頼んだことも知らねえし、義人さんまで襲われるかもとなりゃ、すぐ警察に連絡をする。けど、平尾たちは生き残る。それじゃあ、意味がねえからな」

孝蔵は言い、社長室を出た。

春人はドアの方を見て、大きなため息をついた。

ただ、遺言の中身を知りたかっただけなのに、事態はとんでもない方向に向かってしまっていた。

ビルは手放したくない。親父に睨まれたくはない。といっても、痛い目に遭うのも嫌だし、まして死ぬのはごめんだ。

思いもしなかった状況に、春人の思考は混乱した。

美佐希に頼りたい。

困った時、いつも力になってくれたのは、ほかでもない美佐希だった。

春人は美佐希のことを母のように感じ、甘え、頼ってきた。

美佐希はどんな事柄でも、常に自分の味方でいてくれて、窮地から救ってくれた。

美佐希から常々言われていた。

新しいことにチャレンジするのはいいが、時に地に足をつけて、じっくり取り組むことも必要だと。

だが、春人は美佐希の忠告は聞かず、資金力に任せて、自分が思いついたことを実行しては途中で投げ出し、潰していった。

孝蔵が来てからは、そのいい加減さはさらに加速した。

孝蔵の口車に乗せられ、次々と新規事業を立ち上げては、形にならないまま放りだし、また次に進む。

そうできたのは、後処理をすべて、美佐希がしてくれていたからだ。

わかっていたが、自身の衝動を止められなかった。

親父に褒められたい。自分を追い出した義久を見返してやりたい。外力に突き動かされ、思うままに振る舞った。

しかし、自分では実感していた。

親父ほどの行動力も、兄のような手堅さも、美佐希のような判断力も持ち合わせていない。商才もなく、ただただ金と名誉を求めているだけのガキだということを。

いつかは地に足をつけなければいけない。そう思いつつ、周りにもてはやされ、一部は少し成功し、調子に乗っているうちに、ずるずるとここまで来てしまった。

引き返せるものなら、もう一度、若い頃からやり直したい。そして、義久と切磋《せっさ》琢磨《たくま》し、真の実力を身に着けて、誰からも認められる経営者になりたい。

詮無《せんな》い望みが頭の中をぐるぐると回る。

しかし、もう遅い……。

何周も回った思考が、孝蔵の言葉に飲み込まれていく。

俺たちが殺されるんだ！

春人は目をつむった。しばらくして目を開くと、デスクの受話器に手を伸ばした。

第6章

1

春人は中目黒《なかめぐろ》に来ていた。車で十分ほど南に行った場所でタクシーを停める。降りて、格子門の前に立つ。

玄関を見つめ、何度か逡巡したものの、インターホンを押した。

――はい。

女性の声が聞こえてくる。

「春人です」

名を告げた。

春人が訪れたのは、義人のところではなく、池田の家だった。

一度は孝蔵の言うとおり、義人に電話をしようと思った。だが、どうしても父には連絡ができなかった。

プライドもある。畏怖もある。様々な感情が胸の内に渦巻き、混乱した春人が助けを求めたのは、やはり美佐希だった。

——開いてるわよ。

そう言い、インターホンを切る。

春人は格子門を開け、石畳を進み、玄関ドアを開けた。美佐希は玄関で待っていた。顔を見た途端、うつむく。

「入りなさい」

美佐希は笑顔を見せ、優しく声をかけた。

春人は肩を落として入り、ドアを閉めた。美佐希が奥へ進む。春人も上がり、美佐希に続いた。

リビングに入ると、テーブルにはコーヒーが用意されていた。

「おなか空いてない？」

「大丈夫」

春人はソファーに浅く腰かけた。

美佐希が対面に腰かけた。カップにコーヒーを注ぎ、一つを春人の前に差し出す。春人は手も付けずうつむいていた。

美佐希はコーヒーを一口飲んで、太腿《ふともも》に置いたソーサーにカップを置いた。顔を上げる。

「何があったの？」

静かに訊く。

春人は押し黙っていたが、やおら顔を上げた。重い口を開く。

「まずいことになった……」

「落ち着いて話してみて」

美佐希はゆっくりとした口ぶりで問いかけた。

「実は……」

春人はぽつりぽつりと話しだした。

孝蔵が平尾に遺言書の預かり証の奪取を頼んだこと。奪取に失敗し、部下も殴られ、平尾が怒り心頭なこと。吉祥寺のビルを渡せと要求されていることなど——。

一通り話し終えて、春人はようやくコーヒーを口にした。

「そう。それは困ったわね。うちの人はなんと？」

「警察には連絡せず、桜田と平尾をぶつけて、アイアンクラッドを潰せと。そのために、親父にはすべて話して、その後の仕込みをしろと……」

「あの人の考えそうなことね。姑息《こそく》だわ」

美佐希はコーヒーを飲み終え、ソーサーとカップをテーブルに置いた。

立ち上がる。

「叔母さん。警察に連絡するのか？」

春人が美佐希を見上げた。

「それじゃあ、困るんでしょ？　こういう時は交渉するの」

「誰と？」

「もちろん、平尾社長と」

「それは危ない！」

春人が思わず腰を浮かせる。顔が引きつっている。

美佐希は微笑んだ。

「ここぞという大事な場面では、小手先の算段なんて何の解決にもならないの。いえ、むしろ、状況を悪化させる。大事な時こそ、正面からぶつからなきゃダメ。相手が誰であろうと。覚えておきなさい」

美佐希がリビングから出て行く。春人は目で追うだけだ。

美佐希はドアハンドルに手をかけ、振り向いた。

「あなたはここにいなさい。うちの人にも連絡する必要はありません。三時間……四時間ね。四時間経っても、私からあなたに連絡がない時は、兄に連絡をして指示を仰いで」

「親父に？」

「一筋縄でいかない相手なら、警察より兄の方が頼りになる。私とあなたのお父さんは、そうして生きてきたの。必ず、連絡しなさい」

強い眼力で正視し、リビングを出た。

春人は座って背を丸め、落ち着かない様子で親指の爪を噛んだ。

2

孝蔵は知り合いの探偵の事務所を訪ねた。

池沢《いけざわ》という男だ。一人で事務所を開いていて、孝蔵はいつも、調べたいことがある時はこの男に調査を頼んでいた。

小柄で細身。無精ひげを生やして、身なりもジャケットにジーンズといったラフな格好をしている。見た目は、頼りないフリーライターのようだが、その実、かなり際どいところまで潜って情報を取ってくるやり手だった。

その分、依頼料は張るが、情報は詳細で確実なものでなければ使い物にならない。

池沢なら、きっちりと仕事をしてくれる。それほど信頼できる探偵だった。

池沢にとっても言い値を払う孝蔵はお得意様だった。

持ちつ持たれつのいい関係だったが……。

「断わる？　どういうことだ？」

孝蔵は椅子から身を乗り出した。つかみかからんばかりの形相で、池沢を睨《にら》みつける。

しかし、池沢はテーブルを挟んで対面の椅子に脚を組んでのけぞり、涼しい顔をしていた。

「だから、お受けできませんって話ですよ」

「理由を言え、理由を！」

孝蔵はテーブルを叩いた。一分でも、一秒でも早く動かなければ、それだけ死が近くなる。気が立っていた。

池沢は小さく息をついて、孝蔵を見返した。

「本当は教えてはいけないんですが」

脚を解《ほど》いて、孝蔵を見やる。

「池田さんだから教えるんですよ。その代わり、俺から聞いたってことは絶対に言わないと約束してください」

「もちろんだ」

孝蔵は座り直した。

「あんたの仕事を受けないようにと言ってきたのは、美佐希さんだ」

池沢の口調が荒くなった。

「美佐希が？」

孝蔵が眉間に皺を立てた。

「理由は知らない。ただ、俺だけでなく、探偵協会にも連絡が行っているから、他の連中もあんたの仕事は受けないよ」

「あのバカ女が……」

孝蔵は拳を握った。あれだけ口止めしたのに、春人が美佐希に喋ったに違いない。

顔を上げ、池沢を睨む。

「だが、金を払うのは俺だ。美佐希に言われたぐらいで、断わることはねえだろ。いつもの倍、いや三倍出す」

孝蔵が言う。

と、池沢は深く息をついて、また脚を組んだ。冷ややかに孝蔵を見やる。

「池田さん。前から機会があれば言ってやろうと思ってたんだけどな。あんた、なんか勘違いしてないか？」

「あ？」

孝蔵が気色ばんだ。が、池沢は眉一つ動かさない。

「あんたと付き合ってんのは、木下春人の後見人だからだ。もっといえば、正式な後見人は木下ビルの創業家で義人さんの妹である美佐希さん。あんたはそのコブに過ぎない」

「コブだと？」

腰を浮かせ、池沢を睨む。

「美佐希さんと所帯を持って、春人の後見人を気取り、木下一族の一員になったつもりなんだろうが、誰もあんたを信用しちゃいない。あんたを支えているのは美佐希さんの旦那という肩書だけだ」

池沢は歯に衣着せぬ言葉を浴びせた。

「てめえ……ぶち殺してやろうか」

孝蔵が立ち上がった瞬間、池沢はテーブルの端を蹴った。音が立ち、動いたテーブルが孝蔵の脛《すね》を打つ。

孝蔵はたまらず顔をしかめ、腰を屈《かが》めた。

「ほらほら、それがいけないんだって。ハッタリが利く相手かどうか、ちゃんと見分けないと。みんな、気づいてるよ。あんたが小心者だって」

「ふざけ――」

言い返そうとした時、また池沢がテーブルを蹴った。再び脛を打ち、椅子にすとんと落ちた。

「何か抱えてるんだったら、相手の要求を呑んだ方がいいよ。あんたには虫一匹殺せない」

そう言い、鼻で笑う。

孝蔵が奥歯を噛んで、池沢を睨む。

池沢は不意に立ち上がった。孝蔵はびくっとして少しのけぞった。それを見て、池沢は片笑みを覗《のぞ》かせ、後ろの執務デスクに戻った。

「もう用は終わりました。お引き取りください」

池沢がドアを手で指す。

孝蔵は両手の拳を握って立ち上がった。ぶるぶる震えて池沢を見据えたが、そのまま踵《きびす》を返した。

事務所を出て、ドアを乱暴に閉める。苛立ちが止まらず、壁を殴ろうとするがやめた。肩を落とす。

池沢の言うとおり、自分には壁を殴る勇気もない。

美佐希と結婚し、春人を従わせながら精いっぱい虚勢を張ってきたが、それは周りの者に見抜かれていたということだ。

気づいてはいたが、面と向かって指摘されると、腹立たしさより情けなさが先に立つ。

昔からそうだった。

弁だけは立つので口でやり込めて、いつも勝った気でいた。しかし、本当に強い連中には胸ぐらをつかまれただけで謝ってしまう。

強い連中はそういう孝蔵を嘲り笑い、いつしか相手にしなくなる。

孝蔵はそれを〝勝った〟とみなして吹聴し、弱い者や初めて会う者にたいして粋がり、お山の大将を気取っていた。

いつかはそんな自分を変えたい。本当の力を持った人物になりたい。そう思ってきたが、結局、今の今まで何一つ変わらなかった。

本当に情けない話だ。しかし、あれだけはっきり言われると、これまでの我が人生を全否定されたようで腹が立つ。

治まらない怒りが春人に向かう。

「あいつが美佐希に話さなけりゃ、こんなことにはならなかったんだ。クソガキが」

ビルを出て、路上でスマホを取り出した。

春人に電話を入れる。どうせ出ないだろうと思っていたが、二コールでつながった。

「こら、春人！　おまえ、美佐希に――」

――叔父さん、大変だ！

春人の声が引きつっている。思わぬ春人の様子に、孝蔵の怒りが引っ込んだ。

「何があった？」

――叔母さんが平尾のところに行った！

春人の言葉を聞いて、孝蔵の目尻が引きつった。スマホを握りしめる。

――四時間経っても連絡がない時は、親父に連絡しろと言って出てった。警察には連絡しなくていいと。叔父さん、どうしたらいい？

「どうしたらって……」

孝蔵は言葉を濁した。

平尾の怖さは身に染みて知っている。自分が行ったところで、何ができるわけでもない。

余計なことしやがって……。

美佐希の顔を思い浮かべて、歯噛みする。といって、放っておくわけにもいかない。

孝蔵は目を閉じた。出会った頃のことを思い出す。

美佐希とはいきつけのバーで出会った。

美佐希が客と揉めているところを割って入り、助けた。いつものハッタリが利いた。以来、二度三度と会うようになった。

美佐希は強い女だった。木下ビルの社長が兄だと聞いて、少し腰が引けたこともあった。

当時はまだ、前妻との離婚調停中だったが、美佐希は関係なく、孝蔵との付き合いを続けた。不貞行為で賠償請求されれば、自分が払うとまで言った。

美佐希に訊いたことがある。

なぜ、そこまでして自分のような男と付き合っているのかと。

美佐希は、あなたは優しい人だから、と答えた。

そんなことを言われたのは初めてだった。その言葉は恥ずかしいながらも、本当の自分を見てくれたようでうれしかった。

孝蔵は正式に離婚し、美佐希との同棲を始めた。

美佐希の前では、虚勢を張らずに済んだ。結婚するまでの二年間は、孝蔵が孝蔵らしくいられた唯一の期間だったかもしれない。

その後、春人が独立し、美佐希が後見となって事業を始めてから、孝蔵は再び、虚勢を張るようになった。

美佐希はいつも、無理はしないでと気遣ってくれた。

だが、会社が大きくなるほどに、自分を大きく見せるしかなくなり、退《ひ》くに退けなくなった。

自分や春人の失態を美佐希が裏で処理してくれていたことは知っていた。

それでも、自分が創り上げた虚像を壊すことはできなかった。

その結果が今だ。

本物の悪に脅《おど》され、怯《おび》えて右往左往し、つまらない手を打って乗り切ろうとしているだけ。

美佐希のように真正面からぶつかろうとはしなかった。

逃げるか……。

一瞬、頭をよぎる。

もう自分にできることはない。美佐希がどうにかできるとも思えないが、自分がちょこまかと動くよりはましだろう。美佐希には義人が付いている。

自分の命を守るためには、ここで消えた方が――。

逡巡していると、電話の向こうから声をかけられた。

――叔父さん！　どうすんだよ！　叔母さんが危ないんだぞ！

春人が声を張る。

ハッとした。

美佐希を助けたときのことを思い出す。平尾はハッタリの利く相手ではない。わかっているが、ここで逃げるのは違う。美佐希を放って助かったところで、待っているのはみじめな余生だ。

最期ぐらい、格好つけなきゃな……。

スマホを強く握る。

「おまえ、義人さんのところに行って、全部話してこい。美佐希が平尾に会いに行ったことも。警察に知らせるかどうかは、義人さんの判断を仰げ」

——親父は……。

「根性決めて行ってこい！ バカタレが！」

孝蔵は怒鳴った。

——わかったよ。叔父さんはどうするんだ？

「俺は美佐希を助けに行く。女房だからな」

そう言い、電話を切る。スマホをズボンの後ろポケットに入れ、顔を上げる。

その顔を見た通行人はギョッとして道を開けた。

3

桜田と持永は、木下邸のバルコニーで義人と向き合っていた。

義人は持永の部下とともに、琵琶湖畔《びわこはん》の別荘へ移るはずだった。

しかし、美佐希が家族を守りたいという強い意志を持っていることを知り、自分も残ると言い張った。

初めは桜田一人で説得していたが、その後、持永も同席し、二人で言い聞かせていた。

だが、義人は動かないの一点張り。

美佐希が春人と池田孝蔵に執着している限り、自分が決着を付けなければならない。

騒動が起こって、自分が逃げていたとなれば、その決着も付けられない。そう言ってきかない。

桜田と持永は顔を見合わせ、ため息をついた。

「桜田さん。どうしましょうか」

「……仕方ない。木下さんには木下さんの思うところがあるんでしょう。わかりました。それでは木下さんは書斎にいてください。騒動が起こっても部屋から出ないでください。持永さん。滝井たちを書斎に入れ、木下さんの警護を」

「わかりました」

持永が立ち上がった。

「ここにいるわけにはいかんか?」

「ここは庭に面していて危険です。一斉に攻めて来られれば、守り切れません。家に残ることは承諾します。しかし、木下さんに万が一のことがあれば、元も子もない。俺や持永さんが気兼ねなく動けるよう、ガードは固めさせてください。お願いします」

太腿に手をついて、頭を下げる。

「仕方ないな。私のわがままでもある。そうしよう」

「ありがとうございます」

桜田が顔を上げると、滝井が顔を出した。

「失礼します。桜田さん」

「おう、木下さんの警護、よろしく頼む」

「はい。それはいいんですが、来客です」

「誰だ？」

「木下春人と名乗っていますが」

滝井が言った。

桜田と義人は顔を見合わせた。

「どうしますか」

桜田が訊く。

「……通してくれ」

「承知しました」

滝井が一礼して下がる。

桜田は木下とドアの間に立った。本物かどうか、武器を持っていないか、確かめるためだ。

少しして、滝井が春人を連れてきた。顔色は蒼い。桜田は左手を上げて二人を止め、義人の方を向いた。

「間違いないですか？」

桜田の問いに、義人がうなずく。

「申し訳ありません。非常事態なもので、少し調べさせてもらいます」

桜田は歩み寄り、春人の体を触り始めた。

「俺は息子だぞ！」

「春人。言うとおりにしろ！」

義人が一喝すると、春人は両腕を広げて立った。

武器は持っていなかった。

「どうぞ」

桜田が席を手で指す。滝井を見てうなずく。滝井は会釈《えしやく》し、バルコニーを出た。

桜田も一礼し、出ようとする。

「桜田君は一緒にいてくれ」

義人が言う。

椅子に座った春人がのけぞって振り返り、桜田を睨み上げた。

「おまえが桜田か。おまえのせいで……」

「桜田君のせいで、どうした？」

義人が訊く。口調が鋭い。

春人は座り直すと、太腿に手を置いて小さくなった。

「何があった。話せ」

義人が言う。

春人はうつむいていたが、突然、椅子から降りた。

「親父、すまない！」

土下座をする。

義人は息子を冷ややかに見つめた。

「土下座に意味はない。用件を話せ」

「叔母さんが……ヤバいところに行った」

春人は上体を起こしたが、顔を上げないまま言った。

「ヤバいところとは、どこだ？」

「うちの警備を引き受けていたアイアンクラッドっていう会社の社長の平尾ってヤツのところだ」

「平尾だって？」

桜田が思わず声を漏らす。

春人は顔を上げ、振り返って桜田を睨んだ。

「おまえが平尾のところで暴れちまっただろう。そのせいで、平尾がブチ切れて、吉祥寺のビルを渡せと言ってきた」

「俺のせいだというのか？」

桜田は春人を睨んだ。

「そうだ、おまえのせいだ。そもそもおまえが親父の遺言書の預かり証を素直に渡してりゃ、平尾を怒らせることもなかった。違うか？」

春人が桜田を責める。

あまりにひどい責任転嫁に、桜田は拳を握った。

と、義人が口を開いた。

「なら、吉祥寺のビルを渡してしまえ」

静かだが圧のある声色だった。

春人は義人に顔を向けた。

「今すぐ、ビルを渡して、美佐希を取り戻してこい」

「それが答えかよ……」

非難めいた眼差《まなざ》しを向ける。

「おまえが妙な連中を使って、姑息な真似をしようとしたことが、そもそもの始まりだ。自分の不始末は自身で尻拭いをするのが当たり前だろう」

「ふざけるな！」

春人が立ち上がった。

桜田が駆け寄ろうとする。義人は桜田を見て止めた。

「そもそもなら、親父が秘密証書遺言なんか作るからだろうが！　何書いたんだよ！　また俺を弾いたんだろう！」

春人は義人を睨む。その目は少し涙ぐんでいる。

「昔からそうだ。兄貴にはいろいろ与えるくせに、俺には何もくれない。何も教えない。何の手助けもしない。そんなに俺が嫌いかよ！」

春人が吼える。

桜田は聞こえないように小さくため息をついた。

まるで駄々をこねている子供だ。見ていられないほどみっともない。

だが、春人の叫びは、胸の内にずっと溜まっていた澱《おり》なのだろう。

春人もまた、過去に囚われた哀しい人間なのかもしれない。

「感情論で物事を語るな。自分がしでかしたことを直視しろ。おまえはいつも自分から逃げてきた。その結果がこのような事態を招いている。いい加減に変わる努力をしろ」

「言われなくたってわかってる！　俺だって、何もしてこなかったわけじゃねえ！　だけど、何一つうまくいかねえ。周りの連中は俺を利用するだけ利用して、用済みになりゃポイ。誰も助けてくれねえじゃねえか！」

春人が涙目で訴える。

桜田はゆっくり春人に近づいた。肩をつかみ、自分の方に正面を向かせる。

春人が桜田に向いた瞬間、右頰に平手打ちを食らわせた。強烈な平手打ちに、春人がよろめく。頰に真っ赤な手形が付いた。

「何すんだ、こら！」

春人は怒鳴った。桜田は春人の左頰にも平手打ちを入れる。

春人が反対側によろめく。

「助けてやるよ」

桜田が見据える。

春人は睨み返した。が、若干目尻が引きつり、腰が引けている。

「ケツの拭き方教えてやる」

そう言い、春人の後襟《うしろえり》をつかんだ。

喉が絞まり、春人が首を押さえる。

「木下さん。こいつ連れて、アイアンクラッドに乗り込んできます。いいですか？」

「ちょっ……待て……」

春人がもがくが、桜田は手を離さない。

「頼む」

義人が強く首を縦に振る。

「冗談じゃねえ……。殺す気か！」

春人が声を絞り出した。

桜田は手を離して、春人の後ろ首をつかみ、引き寄せた。鼻先をつけ、春人の目を睨む。

「死ぬ気じゃねえと、何も変わらねえんだよ！　それもできねえなら、俺がここでぶち殺してやろうか！」

唾を飛ばし、怒鳴る。

春人は顔を引きつらせ、観念した。

「心配するな。おまえを殺させはしねえ。その前に俺が平尾をぶち殺してやるよ」

口元に浮かんだ笑みに狂気が滲《にじ》む。

持永が戻ってきた。

「桜田さん、ちょっとそこで話聞いてしまいました。出入りですか？」

「そうなりますね。ちょっと付き合ってもらえますか？」

「もちろん。どうします？」

「ここには滝井を含めた精鋭を五、六人。あとはアイアンクラッドのビル周りを固めて、俺に腕っぷしあるやつらを五人くらい預けてください」

「俺もぶっこみますよ。久しぶりの出入りだ」

持永は拳を握って指を鳴らし、にやりとする。

春人はそれを見て、ますます顔を強《こわ》ばらせた。

「警察が来たら、私に連絡しなさい。話はつける」

義人は桜田に顔を向けて言った。

「わかりました」

桜田は首肯《しゅこう》した。

「じゃあ、行くぞ」

桜田は春人の後ろ首をつかんだまま、持永とともにバルコニーを後にした。

4

美佐希はアイアンクラッドの社長室で、平尾と向き合っていた。

周りに和久や横川、部下が数名立っているが、美佐希は顔色一つ変えず、平尾だけに顔を向けている。

「さすが、木下本家の方だ。肝が据わってらっしゃる」

平尾は脚を組んで美佐希を見つめ、微笑んでいた。

「挨拶は結構。ビジネスの話をしましょう」

美佐希が切り出す。

「話がわかる人には私も真摯に接します。吉祥寺のビル、私に譲渡していただけますね？」

平尾が言う。

美佐希は静かに見返した。

「いえ、ビルは渡しません」

「ほお、渡さないと？　では、どうなさるおつもりですか？」

「増資なさい。新株予約権は、すべてうちで引き取ります。その後、株価を吊り上げるので、五十一パーセントを超えた分の株は市場で売りなさい。それで、約三十億円はあなたの懐《ふところ》に入るでしょう。また、大量にこちらの株を取得することで、うちの会社と協業となり、こちらの会社の信用はさらに増すでしょう。そうすれば、いくらでも資金を引っ張ってこられるし、新規事業も次々と立ち上げられ、会社は二段も三段も上に成長します。たった一棟のビルに執着して細々と稼ぐより、そちらの方が合理的だと思いますけど」

すらすらと話した。

「なるほど、いい提案です。なぜ、ビルを手放さないんですか？」

平尾が訊いた。

「あのビルは、春人の会社の信用だからです。ビルを手放せば、債権者が殺到して、会社はたちまち潰れます。そうなれば、春人だけでなく、社員たちも路頭に迷わすことになる。後見人として、それは看過できません」

「素晴らしい。あなたが経営の指揮を執っていれば、今頃、春人君の会社は本家木下ビルに負けず劣らずのビッグな企業になっていたでしょうね。しかし、もう遅い」

平尾は脚を解いた。

「一つは春人君の会社の財務状況です。調べさせてもらいましたが、もはや倒産していない方がおかしいくらいの負債を抱えていますね。私は泥船に乗るつもりはない。もう一つは——」

太腿に肘をついて、身を乗り出す。

「メンツを潰されて、黙ってられるほど大人じゃねえんで」

微笑んだまま、美佐希を睨む。

襲いかからんとする蛇のような両眼に、美佐希の眦《まなじり》も引きつった。

「では、どうすれば納得していただけるのでしょうか」

美佐希は話を続けた。

「ビルは渡してもらいます。しかし、春人君の会社は潰しません。増資をすれば、それをうちで引き受けましょう。ただし、会社はうちの傘下に入ってもらいます。あなたには、うちの顧問として移籍してもらいたい」

「それでは、丸ごとそちらの総取りではありませんか」

「いえ、まだ春人君とあなたの会社を残すだけ、ありがたいと思っていただかないと。それほどのことを春人君とあなたの夫である孝蔵さんは、私にしてくれたのですよ。カタはつけてもらわないと、私もこの先、トップとしての役目を果たせなくなります」

平尾は静かに圧をかけてくる。

しかし、美佐希も退かなかった。

「そちらがそのつもりなら、私にも考えがあります」

「お考えとは？」

「春人や池田から、あなたがしてきたことは聞いています」

「ほお、この私を脅すつもりですか？」

平尾は片眉を上げた。

「ビルを失うことは、すべてを失うも同然。ならば、ただでは転びません」

「まいったな……。木下本体はすげえ」

平尾の口調が変わった。

うつむいて、頭を少し掻く。大きく息をついて上体を起こし、ソファーの背もたれにのけぞって顎を上げ、美佐希を見据えた。

「ビルを残してもらえるなら、増資の話や協業は検討します。そこがお互いに利する落としどころだと思いますけど。いかがです？」

美佐希が問う。

平尾はもう一度大きく息をつくと、太腿をパンと叩いた。周りの部下たちはびくっとしたが、美佐希は動じない。

「あんた、すげえな。本気で尊敬するよ。わかった。ビルは残そう。ただし、二つ条件がある。一つはあんたがうちの顧問になること。あんたの名前と知識があれば、うちは大きくなれる。もう一つ。尾見司法事務所の桜田を差し出してもらいたい」

「そこも許してもらうわけにはいかないかしら？　あなたと協業するとなれば、火種はなるべくない方がいいし」

「それだけは勘弁してくれ。うちらの世界、ナメられたらしまいなんだ。桜田にやられて黙っていたとなれば、今後、仕事がやりにくくなる。そのあたりの事情は、あんたもわかると思うが」

平尾が言った。

「そうね……」

美佐希が顔を伏せる。

と、表で騒ぎ声が聞こえた。

「美佐希！」

名前を呼ばれた。孝蔵の声だった。振り向いてドア口を見る。

「おやおや。せっかく、話がまとまろうとしているのに、形勢逆転だな」

平尾は和久と横川を見て、顎をしゃくった。

二人は首肯し、部屋を出た。開いたドアの隙間から孝蔵の姿が見えた。社員に両腕をつかまれていた。

ドアが閉まった途端、肉を打つ音と呻《うめ》き声が聞こえてきた。

美佐希が立ち上がろうとする。残っていた平尾の部下がソファーの後ろに仁王立ちした。

「まだ、話の途中ですよ」

平尾が言う。

ドアが開いた。二人の男に抱えられ、孝蔵が入ってくる。顔には痣《あざ》ができ、瞼と口が切れ、血が垂れている。

「あなた！」

美佐希が再び立ち上がろうとした。後ろにいた男が美佐希の肩を押さえつけ、座らせる。

平尾は右人差し指を立て、自分の方にくいくいと動かした。男二人が孝蔵を引きずって、平尾の脇まで連れてくる。

平尾は孝蔵を見上げた。

「何しに来たんだ？」

「美佐希を……解放しろ」

孝蔵が声を絞り出す。

「ひょっとして、奥さんを取り返しに来たのか？　いやあ、漢《おとこ》だねえ」

平尾が笑った。周りの男たちも笑う。

「美佐希に手を出すな！」

孝蔵が首を突き出す。

平尾は座ったまま、左脚を振り上げた。甲が孝蔵の顔面を打った。孝蔵の顔がのけぞり、鼻孔から血が噴き出した。

「この騎士様と遊んでやれ」

平尾が言う。

男たちは孝蔵の脚を払い、床に倒した。両サイドから囲み、蹴りまくる。

孝蔵は頭を抱えて丸まった。時折、ガードを擦り抜けた爪先が顔面を抉《えぐ》る。背中を蹴られ、のけぞったところで、腹を蹴られ、また丸まる。

孝蔵は何もできず、ダンゴムシのように丸くなるだけだった。

「やめて！」

美佐希が叫ぶ。しかし、平尾は止めない。

「な、池田さん。いや、木下さん。こういうことだ。あんたは俺と話しに来ただけ。俺も話し合いたいという者に最初から暴行を加えるような真似はしない。だが、こいつはあんたがやられていると勝手に思い込み、状況も確かめず、敵うわけねえのに何の策もなく、ナイト気取りで飛び込んできた。こんな行動を取っても、何の解決にもならないってことがわからねえんだ、こいつは」

横目で孝蔵を一瞥《いちべつ》する。

「まあしかし、飛び込んでくるだけまだマシだな。春人はどうだ？　てめえでカタつけるどころか、よりによって、あんたに泣きついた。こいつも春人も似たようなもんだが、こんな連中が上に立つ会社なんざ、なくなったほうがいい。そう思わねえか？　いつまでやってたって、うまくいくものもうまくいかねえよ」

平尾は美佐希を見据えた。

「池田は俺に恥をかかせた。二度もな。条件は元に戻す。丸ごと俺に渡して、あんたはうちの顧問になる。どうする？」

「それは……」

美佐希が返事を躊躇《ちゅうちょ》する。

と、ドアの向こうから怒声と悲鳴が聞こえてきた。椅子が倒れる音や人が倒れる音も聞こえてくる。

平尾は顔を上げて、ドアの方を見た。和久がドアに近づいていく。

と、いきなり、ドアが蹴破られた。

和久は飛んできたドアにぶつかり、ドアを抱いてひっくり返った。

「誰だ、こら！」

横川が怒鳴る。

ドア前に立った男の隙間から、ふらふらと別の男が出てきた。

「春人！」

美佐希が目を見開く。

「てめえ、いい度胸だな」

平尾は春人を睨み上げた。

春人の顔は真っ蒼で引きつっている。

ドア前に立っていた横川ともう一人の部下が、同時に両サイドに吹っ飛んだ。一人はフロアに倒れ、横川は壁にぶつかり転がる。

姿を現わしたのは、桜田と持永だった。

二人は、美佐希の後ろに立っていた男たちを次々と殴りつけた。混乱していた男たちは、抵抗もままならず、二人の拳を浴び、倒れた。

桜田たちの後ろでは、平尾の部下と持永の手下が入り乱れて争い、修羅場と化していた。

「そういうことか……」

平尾はゆっくりと立ち上がった。

「てめえが平尾か。部下はたいしたことねえなあ。うちと喧嘩すりゃあ、十分で片付いちまうぞ」

持永が笑みを浮かべる。

「春人。孝蔵さんを助けてこい」

桜田は平尾を見据えつつ、春人に命じた。

春人が動こうとする。平尾が春人に顔を向けた。春人はびくっとして足を止めた。振り返る。

「根性見せろ。骨は拾ってやる」

桜田は春人を睨んだ。

「行け！」

桜田が声を張る。

春人は拳を握って、上体を倒し、叫びながら頭から突っ込んでいく。

平尾の左脚がびくっと動く。桜田は地を蹴った。

孝蔵に暴行を加えていた男たちに迫る春人に向け、平尾の回し蹴りが飛んだ。

突進する春人は前しか見ていない。平尾の脚が春人の顔面を狙う。春人は蹴りが飛んできていることに気づいていない。

美佐希は息を呑んだ。

当たる！

美佐希が腰を浮かせた。

が、すんでのところで、平尾の蹴りを桜田の右脚が弾いた。平尾の体がバレエダンサーのように回転した。踵を返し、自分のデスクの後ろへ駆け込んだ。

桜田は春人と平尾の真ん中に立った。

春人は一人の男の腹に頭から突っ込んだ。春人を抱えた男は腰を曲げ、そのまま後ろに倒れた。

男は後頭部を打ちつけ、うなった。春人はすぐさま起き上がり、男にまたがって拳を振り上げた。

「春人！」

美佐希が叫ぶ。春人の手が止まった。

「てめえ！」

もう一人の男が春人に駆け寄ろうとする。

持永が男に近づいた。襟首をつかんで後ろに引き倒す。持永は容赦なく、男の腹を踏みつけた。

男の肩と脚が同時に跳ね上がる。

「本当に弱えなあ、おまえら」

二度、三度と踏みつけると、男は気絶した。

春人は持永の手加減なしの暴行を目の当たりにし、顔を強ばらせた。

持永は春人の脇に歩み、腕をつかんで立たせた。

「よくやった。孝蔵と美佐希さんを連れて、ここを出ろ。木下さんの家まで、俺の部下に送らせる」

持永は孝蔵の両脇を持って、立たせた。そのまま春人に背負わせる。

美佐希が二人の下に駆け寄った。心配そうに孝蔵の頬を触る。

「美佐希さん、行ってください。ここは俺たちに任せて」

持永が言うと、美佐希と春人は身を寄せ合って、ドア口へ向かおうとした。

その時、銃声が轟いた。持永が後ろ左肩に被弾した。上体がぐらつく。

デスクの後ろから、平尾が発砲したものだった。

桜田はデスクを飛び越えた。その桜田に向け、平尾が発砲する。桜田は首を引っ込めた。弾丸は額をかすめた。

ノーモーションの裏拳で、平尾の手首を叩く。右腕が弾かれ、手に持った銃が飛んだ。窓ガラスに当たって、床に転がる。

「持永さん！　行って！」

桜田は背後に声を張り、平尾に左フックを浴びせた。

平尾は桜田の懐に踏み込み、右腕でフックを防ぐと同時に左アッパーを突き上げてきた。

桜田は上体を反らして、後ろへ飛んだ。背中がデスクの天板に落ちる。そのまま後ろ回転をして、フロアに降りた。

平尾がデスクを飛び越え、桜田に迫った。

桜田は両腕のガードを上げた。

平尾はボディーに足刀蹴《そくとうげ》りを放ってきた。桜田はガードを上げたまま背を丸めた。が、平尾の膝から下が軌道を変え、桜田の頭部を狙ってきた。

桜田はとっさに脚の方に踏み込んだ。ごっ……と平尾の脛が額を打った。だが、踏み込んだ分、平尾の蹴りの勢いは削がれた。

平尾が脚を振り切ろうとする。その流れに合わせて腰を落とし、勢いで後転した。

二回、フロアを回って立ち上がる。

脛の当たった額が割れ、血が流れてきた。左眼を流血が包む。

桜田の目つきが変わった。

「俺に血を見せやがって……」

舌打ちをし、手のひらの血で髪を撫で上げる。前頭部の大きな花弁状の傷が血を吸い、紅い桜の花が浮かび上がった。

ゆっくりと顔を上げ、平尾を見据える。

攻めに転じていた平尾がびくっと震え、立ち止まった。

「おまえ、死ぬぞ？」

充血した両眼がギラリと光る。

平尾が気圧《けお》されて後退《あとずさ》りをした。

桜田の上体がふらっと前方に傾いた。平尾は身構えようとした。が、腕を上げてガードをする前に、桜田が眼前にまで迫っていた。

そしてすぐさま、ノーモーションの右フックが平尾の左頬を捉えた。

平尾は衝撃をかわそうと首をねじった。桜田が腰をひねり、拳を振り切る。力を逃がしきれず、平尾が右横に倒れていく。

平尾はそのまま倒れ込み、浴びせ蹴りを見舞おうと左脚を上げようとした。

桜田はその動きを感じ取り、平尾の太腿に腰を当てた。平尾の動きが一瞬止まる。平尾が顔を上方に傾けた。そこに打ち下ろした桜田の左拳が炸裂した。平尾の顔面が抉れた。

平尾の上半身が真下に落ちた。背中をフロアで強打し、息を詰まらせる。蹴りが来ると思い、平尾は体を丸めた。

しかし、桜田は平尾から離れた。どこかへ歩いていく。

平尾は浅い呼吸を繰り返し、徐々にゆっくりとした呼吸に変えた。若干痺《しび》れていた指先に血流が戻り、靄《もや》がかかったように漫然としていた意識がはっきりとしてくる。動ける。平尾は仰向けになって、脚を胸に引き寄せた。振り上げると同時に、背中でフロアから跳ねる。

平尾が立ち上がった。

瞬間、銃声が轟いた。

銃弾が平尾の右頰をかすめた。平尾は固まった。

桜田は平尾の手から飛んだ銃を握っていた。銃口を平尾に向けている。

銃は六発入りのリボルバーだ。弾はあと三発残っている。

「当たんねえもんだな」

桜田は再び引き金を引いた。弾丸が平尾の脇を過ぎ、ソファーに食い込む。

「てめえ、タイマンもできねえのかよ」

平尾が挑発する。

と、桜田は三発目を発砲した。弾は平尾の右腿外側の肉を抉った。平尾の右膝が落ちそうになる。

「狙ったところに飛ばすのは難しいな」

桜田は銃を下げた。平尾に飛び寄る。平尾は左脚一本で後ろに飛んだ。が、桜田はもう一度飛び、平尾の前に立つと同時に右腿にローキックを入れた。

平尾はたまらず右膝を落とした。桜田は左膝を顔面に入れた。平尾が真後ろにぶっ倒れ、後頭部を打った。再度、意識が揺れる。

桜田は平尾の両腕ごとまたぎ、腹に尻を下ろした。

そして、銃口を口に突っ込んだ。鋼鉄が平尾の歯を砕く。血だらけの口の奥に深く銃口を入れる。

喉に当たり、平尾が咳き込む。口辺から血が噴き出した。

「こうすりゃあ、確実に頭ぶっ飛ばせるんだな」

桜田は撃鉄を起こした。

そこに持永が戻ってきた。桜田と平尾の状況を目にし、あわてて駆け寄った。

桜田が引き金を引こうとする。平尾の目が引きつる。

「桜田さん！　殺しはいけねえ！」

持永は手を伸ばして、桜田を突き飛ばした。

桜田が平尾の上から滑り落ちた。倒れる際、銃口が口から飛び出る。倒れた瞬間、桜田の指が引き金を引いた。

銃声が轟いた。明後日の方向に飛んだ弾丸は天井を砕いた。そのかけらが平尾の顔に降り注ぐ。

平尾は目を見開いて硬直していた。

「本当に殺すつもりだったのか……」

桜田の狂気に触れ、顔面は蒼白になり、体が震えだした。

持永は銃を取り上げた。桜田が持永を見上げる。

「おう、持永さん。病院には行ってないのか?」

「おう、じゃないですよ。殺すことはねえでしょう」

「こんなクソ野郎を生かしておいちゃ、まじめに生きてる人らに申し訳ねえ」

立ち上がって、平尾を踏みつけようとする。平尾の体がびくっと跳ねる。

持永はあわてて桜田の腰に右腕を巻き、引き寄せた。

持永は桜田を押さえながら、平尾を見下ろした。

「なあ、平尾。おまえも凶暴で名を馳せたのかもしれねえがな。俺たちまで届いてねえ時点で、たいしたことはねえってことだ。上には上がいるもんだ。相手をナメてかかってると、長生きできねえぞ」

持永が語りかけた。

「持永さん、放してくれ」

「平尾を殺さねえって約束してくれたら」

「殺さねえよ」

桜田は苦笑した。修羅に満ちた眼光は収まり、普段の桜田の顔つきに戻っている。

持永は腕を解いた。

「持永さん、こいつの部下は？」

平尾を見下ろしながら訊く。

「全員、白旗を上げたよ。根性なしばかりだ」

持永は鼻で笑った。

「そうかい。ちょっと平尾をそこのソファーに座らせてやってくれないか」

桜田が言うと、持永が平尾の脇に進んだ。

腕をつかんで立たせ、乱暴にソファーに投げる。

平尾の腰がソファーに落ちた。ぐったりともたれる。持永が平尾の脇に立った。

対面に桜田が座る。

「さてと、話をつけようか。まず、春人の会社の仕事から手を引くこと。今後一切かかわるな。池田孝蔵とも手を切れ」

桜田が一方的に条件を提示する。

平尾が渋っていると、持永が平尾の髪の毛をつかんだ。

「桜田さんが訊いてんだ。答えろ」

髪をつかんで揺らす。

平尾は顔をしかめ、首を大きく縦に振った。

「次に、木下さんがかかわる会社、場所、案件にも一切かかわるな」

「……わかった」

「それともう一つ。春人や池田はもちろん、俺や持永さんに仕返ししようなどと考えるな。村瀬たちの店に近づくのも禁止な。もし、おまえやおまえの仲間が怪しい動きを見せたら、地の果てまでおまえらを追って、一人一人ぶち殺す。いいな？」

「ああ、もうあんたらとはやり合わねえよ。顔も見たくねえ」

平尾は血をまき散らしながら言った。

「頼んだぞ。俺も静かに生きてえからよ」

桜田は太腿を叩き、ゆっくり立ち上がった。

「持永さん、平尾の部下を集めて今の話を聞かせてやってくれませんか。持永さんが含めりゃ、誰も逆らわんでしょう。病院に行くのはもうちょっと待ってください」

「こんなもん、かすり傷です。任せといてください」

持永は言うと、オフィスに出た。

桜田は平尾に背を向けた。平尾が安堵の息を漏らす。

「あ、そうだ」

不意に振り向く。

平尾はびくっと身を縮こまらせた。

「山口いのりはどこにいる？」

「知らねえよ」

平尾が顔を背けた。桜田はテーブルを蹴った。平尾はまたびくっと跳ねた。

「本当に知らねえんだよ」

「おまえ、あの女とどこで知り合ったんだ？」

「最初は場末の飲み屋だ。暗い女だったが、どこか吹っきってるとこもあったんで、よく遊んでやってた」

「おまえがいのりを木下さんのところに送り込んだのか？」

「違うよ。俺が警備会社を始めたと聞いて、久しぶりに訪ねてきたんだが、その時、池田孝蔵に会ってほしいと言われてな」

「池田と会ったのは、知人の紹介じゃなかったのか？」

「そういうことにしてくれと言うんで、そうしたまでだ」

「目的はなんだ？」

「木下の財産を分捕りたかったんだと。あいつ、池田の前妻の娘だろ？　池田に放り出された後、相当苦労したみてえだ。高校三年の時に母親も死んじまったらしいんだが、池田は葬式にも顔を出さなかったんだと。それからはいろいろ苦労したみたいだな。それもこれも、木下美佐希が池田を寝取ったからだとよく言ってた」

「それに協力していたのか？」

「まあ、そういうことだ。だが、あんたの登場ですべてはパー。あいつ、今頃、池田か
木下美佐希を殺そうとでも思っててんじゃねえのか？」

平尾は笑った。

桜田がテーブルを蹴った。笑い声がピタッと止まる。

桜田は一歩踏み出して、平尾の胸ぐらをつかんだ。平尾の顔が引きつる。

「なぜ、殺すと思った？」

訊くと、平尾が目を逸らした。

桜田は両手で胸ぐらをつかんだ。

「なぜだ！」

平尾の体を揺さぶる。

「うちのチャカを持って行ったんだよ！」

平尾はたまらず声を上げた。

「勝手に持ってったんだ。俺が渡したわけじゃねえ！」

声を張る。

桜田は平尾を殴った。ソファーに倒れた平尾は気を失った。

スマホを取り出し、木下の番号をタップする。木下はすぐ電話に出た。

「桜田です！　山口いのりが美佐希さんを狙っています！　そっちにすぐ戻ります！」

桜田はアイアンクラッドの社長室から飛び出した。

5

美佐希たちは、持永の部下の車で木下邸に到着した。

車を降りて、門を潜る。玄関前に近づくと、義久の姿があった。

「兄貴」

春人が声をかける。

義久が振り向いた。

「おまえたち、どうしたんだ……」

傷ついた春人や孝蔵を見て、目を丸くする。

「ちょっとな。兄貴こそ、何してんだ？」

「父さんに呼ばれたんだよ。話があるって。おまえ、何か聞いてるか？」

「いや、何も聞いてねえけど」

「遺言のことかな。まあ、聞いてみるしかないか」

義久はドアを開けた。

途端、立ち止まった。

「お待ちしてました」

迎えに出たのは、持永の部下の滝井だった。二ツ橋経営研究所の事務所で、何度か顔を合わせたことがあった。

「おまえ、なぜここに……」

「まあ、いろいろありまして」

話していると、春人が後ろから入ってきた。

「知り合いか？」

義久を見る。

「いや……」

義久は言葉を濁し、玄関を上がると、滝井を避けるように足早に奥へ進んだ。

全員が上がると、滝井が義久に駆け寄ってきた。

「木下さんはバルコニーでお待ちです」

滝井が先頭に立って案内をする。滝井は桜田からの連絡を受け、書斎で守りを固めようとした。しかし、木下が美佐希はバルコニーで待ちたいというので渋々移動を許した。代わりに庭の警備を強化した。

四人がバルコニーに顔を出す。木下が四人に目を向けた。

「無事だったか」

美佐希を見やる。

「私は交渉に行っただけ」

「掻き回したのは——」

木下は孝蔵に顔を向けた。孝蔵はうつむいていた。そして、いきなり土下座をする。

「俺がつまらない連中と組んだばかりに、迷惑かけてしまってすみませんでした！」

「その顔、相当やられたな。美佐希を助けに行ったのか？」

「はい」

孝蔵がうなずく。

「ありがとう」

義人の思わぬ言葉に、孝蔵は顔を上げた。

「命がけで妹を助けに行ってくれて、兄として礼を言う」

義人が頭を下げる。

「いえ、そんな……」

孝蔵は戸惑った。

「春人も戦ったようだな。どうだった？」

「チビるかと思ったよ。けど、桜田さんと持永さんがいてくれたんで、なんとか叔母さんのところまでたどり着けた」

持永の名前が出ると、義久は肩をすくませ小さくなった。

「勇敢だったわよ、春人」

美佐希が目を細める。

「義久」

義人が声をかけると、義久はぶるっと震え、直立した。

「春人も池田君も禊《みそぎ》を済ませた。おまえはどうする？」

問いかける。

義久はうつむいて、手を握り揉んだ。

「滝井君にすべてを話させるつもりか？」

義人が言うと、義久は孝蔵の隣に正座をした。頭を下げようとする。

「私が土下座が嫌いなことは知っているだろう。池田君の土下座は、自分のしたことに対する謝罪だ。だから受け入れた。しかし、おまえの土下座は自分が助かりたいだけのものだ。そんな土下座に意味はない。どう浄罪するつもりだ？」

「それは……」

義久は言い淀んだ。

「では、私から言おう。木下ビルの株式の半分を春人に渡せ。管理している持ちビルも半分、春人に管理させろ」

「父さん！　そんなことすれば、うちの会社は――」

「この条件を呑まないなら、木下ビルの全権を春人に渡す。現時点では、おまえより春人の方が後継に適任だ」

「どういうことです？　納得できません」

　義久は正座したまま、義人を睨んだ。

「春人はようやく一皮剝けた。池田君もやっと本来の自分を取り戻した。今は、美佐希も含めて、池田君と春人の方が信頼できる。意味がわかるな？」

　義人が見下ろす。

「……わかった。そうするよ」

　義久は小声で言い、太腿に手をつき、うなだれた。

「兄さん。遺言の中身は話していいの？」

　美佐希が言う。

「叔母さん、知ってるのか？」

　春人が美佐希を見た。

「美佐希。おまえに教えた内容は嘘だ」

「どういうこと？」

　美佐希は怪訝《けげん》そうに眉をひそめた。

「もうすぐ、わかる」

　すると、玄関の方から足音が聞こえてきた。

「待て、こら！」

「どこから入ってきやがった！」

怒鳴り声がする。

複数の人間がバルコニーに駆け込んでくる。

先頭を走っていたのは、いのりだった。

「いのり！」

孝蔵が立ち上がる。

いのりは立ち止まり、両腕を前に上げた。その手には銃が握られていた。滝井はとっさに義人の前に立った。しかし、銃口は美佐希に向けられた。

美佐希の顔が引きつった。春人と義久も突然のことで動けずにいる。

「あんたのせいよ！」

いのりが引き金を引いた。発砲音が轟く。美佐希は顔を伏せ、目を閉じた。

しかし、弾が当たったような感触はない。ドスッという音が聞こえ、目を開いた。

「あなた！」

孝蔵が美佐希の足元に倒れていた。腹に血が滲んでいる。美佐希はしゃがんで、孝蔵の首を抱き、腹を押さえた。美佐希の指の間から血がじわりと染み出てきた。

いのりは銃口を美佐希に向けた。

玄関の方から靴を鳴らす音が聞こえてきた。すごい勢いで迫ってくる。

春人の前を影がよぎった。

引き金を引く寸前で、その影の脚が振り上がり、いのりの腕を上に弾いた。暴発した銃から放たれた弾丸がバルコニーのガラス天井を砕いた。けたたましい音とともに、ガラス片が降り注ぐ。春人と義久は頭を抱えた。美佐希は孝蔵に覆い被さった。

影はいのりの右腕を握り、銃をもぎ取った。

「少し遅かったな……」

桜田だった。

「返して！」

いのりが暴れる。が、桜田はいのりの腕を放さなかった。滝井が手を振る。部下の男がいのりの胴に腕を巻いて押さえた。

「放して！　放して！」

「落ち着け！」

桜田はいのりに一発平手打ちをした。

「話していいですか、木下さん」

桜田が言うと、義人はうなずいた。

「木下さんは遺言に、自分名義のビルは山口いのりに譲ると書いていたんだ！」

桜田が言うと、美佐希と春人、義久は一斉に桜田の方を見た。孝蔵も桜田を見上げる。

「木下さんが自分名義のビルを残して、息子たちに決して譲らなかったのは、あんたにあげるためだったんだ」

「なぜ？」

いのりが訊く。

「贖罪《しょくざい》のためだ」

義人が口を開いた。

「君が池田君の前妻の娘だと知り、少々調べさせてもらった。ずいぶん苦労してきたね。結婚や離婚は本人同士が決めることだから、それについては何も言わない。しかし、親の事情に振り回された子供の不幸せは、子供のせいではない。君に余計な苦労をさせたのは、私の身内であることは間違いない。私は美佐希の兄として、君に詫びたかった。そして、君が失ったもののせめてもの埋め合わせとして、私と美佐希が築いた資産の一部を渡したいと思っていた。今さらだろうがね」

義人の話を聞き、みな押し黙った。

「君はいらないと言うかもしれないが、それでも私は、私の持ちビルを君に譲る。一棟処分すれば、贈与税も払える。残りはこれからの君の人生に役立ててほしい。それでいいね、美佐希、池田君」

義人に訊かれ、二人は首肯した。

「平尾は手を引いた。もうこのへんで手打ちにしたらどうだ？」

桜田が言う。

いのりは桜田を睨んだ。

「あんたに何がわかるのよ」

「わかんねえよ、何も。ただ、過去に囚われ続けりゃどういう人生を送る羽目になるかはよく知ってる。どこかで先に進まなきゃならねえんだ。生きていく限りはな。あんたもそろそろ自分の人生やってみなよ。楽しいぜ」

桜田は血まみれの顔で笑った。

「簡単に言わないでよ。ムカつく」

「おー、そんな口の利き方できるのか。家政婦の時より、よっぽどいい」

そう言い、くしゃくしゃと頭を撫でる。

「触んな！」

いのりは桜田の手を払いのけた。

「あんたがどう思おうとかまわないけどよ。早く連れてってやんねえと、ヤバいんじゃねえか？」

孝蔵を見やる。孝蔵の顔は白くなってきていて、唇も紫色に変わりかけていた。

いのりの顔が強ばった。

「美佐希。光世会病院へ連れて行きなさい。院長には連絡を入れておくから。春人、池田君を送ってくれるか」

「わかった」

うなずくと、春人は孝蔵の右脇に肩を通した。美佐希が左脇に肩を通そうとする。

「待って」

春人が止めた。いのりを見やる。

「何、突っ立ってんだ。おまえも抱えろ」

「なんで、私が……」

「自分の親父を撃ったのはおまえだろうが。理由はどうあれ、自分のしたことは自分でケツを拭け。でねえと、俺みたいになっちまうぞ」

自嘲する。

いのりは迷っていた。

「早くしろ！　死んじまうぞ！」

死という言葉を聞き、いのりはしゃがんで、孝蔵の左脇に肩を通した。

「いのり……すまなかったな」

「黙ってて」

いのりは言い、春人と呼吸を合わせて、孝蔵を立たせた。そして、美佐希と四人でバルコニーから出て行った。

「義久。会社に戻って、譲渡の準備をしろ」

義人が言うと、義久は渋々立ち上がった。一礼して背を向ける。

「滝井君、義久を会社まで送り届けてくれ」

義人の言葉に、義久の双肩《そうけん》がすくんだ。

「承知しました」

滝井はにやりとし、会釈をして、義久とともにバルコニーを出た。

全員を見送り、桜田は大きく息をついた。

「桜田君、悪かったね。しかし、おかげですべて片付いた。君のおかげだ。礼を言う」

頭を下げる。

「ほんと、勘弁してください。二度とこんなことは引き受けませんから」

「もう、こんな面倒を頼むこともない」

義人が微笑む。

「遺言はどうするんですか？　中身を明かしてしまいましたが」

「もう一度、作り直す。今度は公正証書遺言にするので、また君の事務所にお願いすることになるだろう」

「俺、もう来ませんからね」

「そう嫌うな」

義人が笑った。

「困った依頼人だな、ほんとに」

桜田はあきれながらも、険が取れて人間らしい笑みを湛《たた》える義人を見て、心からの祝福を送った。

エピローグ

村瀬たちが開店したリプロは、営業を再開していた。

リプロの件を木下義人に話すと、ぜひ詫びたいというので、桜田は一席設けた。

その時、遺言の話もしたいというので、尾見と小夜にも声をかけたが、なぜか有坂にも伝わり、結局、尾見司法書士事務所の者全員とリプロへ出向くことになった。

桜田は腕や顔に包帯を巻いていた。所員たちには、自転車でガードレールに突っ込んだということにしていた。

「おしゃれなお店ですね。どなたかといらしたんですか？」

小夜が木下に訊いた。

「知人の息子さんの友人が始めた店でね。ぜひ、顔を出してやってほしいというので、みなさんを招待したんです。今後ともひいきにしてやってください」

木下は言い、桜田を見た。

桜田はうつむいたまま、コーラを飲んだ。事務所の人たちの前では、下戸《げこ》ということになっている。

村瀬がチーズの盛り合わせを持って、テーブルに来た。

「よろしくお願いします」

笑顔で会釈《えしゃく》をする。

「若いね、君たち」

尾見が言った。

「いえ。もう三人とも三十オーバーです。やっと、落ち着きました」

村瀬が笑う。

「いえいえ、三十代ならまだ若い！　若い人たちは応援しないとですね！」

有坂はたいして中身もないことをよく通る声で言い、笑い声を立てた。

「ありがとうございます。お飲み物、おかわりはよろしいですか？」

「私はビールをもう一杯もらおうか」

荒金が言う。

「承知しました」

「私はブラッディーマリー」

小夜が言った。

「僕は麦焼酎をロックでください。焼酎は体にいいですから！」

有坂がそう言ってまた笑う。

「私もビールをもらおうかな」

尾見が頼んだ。

桜田はうつむいたままだった。

すると、村瀬が声をかけてきた。

「そちらの方はコーラでよろしいですか？」

顔を上げる。村瀬はにやにやと桜田を見ていた。カウンターにいる松原と野中もにやにやしている。

「はい、それで」

桜田は返事をしてうつむいた。

あとで、殴ってやる……。軽く拳を握る。

「ところで、木下さん。遺言を公正証書に変更するというのは本当ですか？」

小夜が訊いた。

「ええ。やはり、秘密証書では事務所の方々に負担をかけてしまいますし、息子たちにもきちんと知らせておいた方がいいかと思いましてね」

「それがいいですよ。公正証書遺言なら、トラブルは起きにくいですから」

有坂がしたり顔で言う。

義久は一週間で、春人への譲渡リストをまとめた。

しかし、春人はその譲渡を断わった。代わりに、木下ビルの社員として働かせてくれと言ってきた。

春人は一からビル管理を学びたいと言った。美佐希もそれには賛成した。ゆくゆくは春人も役員となり、兄弟で会社を盛り立てていくだろう。

木下は自分が望んだとおりの形になり、満足していた。

孝蔵はまだ入院していた。

木下からの申し出で、孝蔵の傷が銃創であることは、院長と主治医以外には伏せられた。

いのりは、孝蔵が手術を受けた日から毎日、病院へ通っていた。

殺したいほど憎い父だったのだろうが、親は親。殺そうとしたことを悔いているようだった。

長い年月にわたって築かれたわだかまりだけに、一週間や十日そこらで解けるものではないものの、同じ空間で同じ空気を吸っているからか、とげとげしかった雰囲気が少しずつ和んできているそうだ。

いのりが一番求めたのは、親と一緒にいることだったのかもしれない。

持永は、木下からのたっての希望で、木下ビルが管理するビルの専属警備をすることになった。

持永の力を認めたことが一つ。また、持永が専属警備として目付をするとなれば、義久と春人が無用な争いをすることもないだろうという目論見もあった。

そのため、二ツ橋経営研究所は畳み、新たに二ツ橋警備という会社を設立した。滝井たち、持永の部下も、そのまま警備会社に籍を置いて働くこととなった。

木下はその際、赤星組の組長皆川と話をし、完全に持永と赤星組を切り離した。

桜田にとってはいい迷惑だったが、心から安堵したような木下の顔を見ていると、役に立ったようで心地よかった。

村瀬がドリンクを持ってきた。

桜田の前にコーラを置く。桜田はコーラを口に含んだ。とたん、吹き出した。

「あーあ、もう！」

小夜が飛び散った液体をおしぼりで拭こうとする。

「大丈夫です。すみません。炭酸でむせてしまって」

桜田は自分のおしぼりでこぼれた液体を拭った。

コーラにはジンが入っていた。わざと入れたようだ。

カウンターを睨《にら》む。村瀬たちはまたにやにやしていた。

桜田はおしぼりを持って立ち上がり、カウンターに近づいた。

「すみません、新しいおしぼりをもらえますか」

声をかけながら、ボックス席に背を向ける。

そして、三人を睨み、小声で言った。

「てめえら、あとでぶち殺す」

それを聞いて、村瀬たちはまた笑った。

席に戻った桜田は苛立ちを隠すように、ジン入りのコーラを一気に飲み干した。

文春文庫

桜《おう》虎《こ》の道《みち》

定価はカバーに
表示してあります

2024年12月10日　第1刷

著　者　矢《や》月《づき》秀《しゅう》作《さく》

発行者　大沼貴之

発行所　株式会社　文藝春秋

東京都千代田区紀尾井町 3-23　〒102-8008
TEL　03・3265・1211㈹
文藝春秋ホームページ　https://www.bunshun.co.jp
落丁、乱丁本は、お手数ですが小社製作部宛お送り下さい。送料小社負担でお取替致します。

印刷製本・大日本印刷

Printed in Japan
ISBN978-4-16-792312-9